宋方金 作品

给青年编剧的信 2.0

LETTERS TO YOUNG SCREENWRITERS

中国工人出版社

序　锥锥见血为哪般

刘震云

方金是我十几年的好朋友。十几年前，他脑后绑着马尾，不爱说话。饭桌上，别人说，他听，或似听；笑，或似笑。几年前的一天，又见他，没认出来，马尾没了，成了寸头，我恍惚从大清一下蹦到了民国。问：没事吧？答：没事。但之后，方金变了，变得爱说话了。人由不爱说话到爱说话，无非遇到两种情况：一、遇到了高兴的事；二、遇到了生气的事。方金分明是气着了。因他这话不在家里说，非到街上说，到论坛上说，到“论剑”上说，这剑，抡得跟风车似的，百万军中，定要杀出一条血路。谁把方金气成这样？读了这本《给青年编剧的信》，你就知道了。

2

我与方金有过合作，电视剧《手机》，方金编剧。我妈生活在河南乡下，不识字，闲来无事，爱看电视剧。据她说，到目前为止，中国有两部电视剧拍得还可以，一、老版《红楼梦》；二、《手机》。就《手机》，王志文、陈道明、梅婷、刘蓓、柯蓝、范明、马兰、尚铁龙、柏青诸老师演得好是一方面，沈严导得好是另一方面，更重要的是，剧本好，才使演员有得演，导演有得导。之后方金又写了许多好的电影和电视剧剧本。方金为何能把剧本写得这么好，怎样才能把剧本写好，读了这本书，你就知道了。

就我而言，小说懂一点，剧作完全不懂。这本书两遍读过，似乎也悟出编剧的一二道理。

天空中没有留下翅膀的痕迹，但鸟儿已经飞过。

这本书，却能在心里留下痕迹。它适合青年编剧读，也适合不编剧的任何人。因为：方金貌似在讲影视，其实是在讲人生。世间人有千千万，其实也就两种人，有见识的人和没见识的人，或懂的人和不懂的人。没见识、不懂不可怕，一辈子可以活个人品；没见识自觉有见识，不懂装懂，出路只有两条：一、成为傻子；二、成为骗子。

这是方金在这本书里锥锥见血的缘由。

自序　纸短意长 见字如面

在我的故乡，有一种神奇的动物，叫闪蛹。闪蛹神秘难寻。于是，我常去田野上找闪蛹。

最好是秋天。庄稼被全部放倒，天空蔚蓝，云朵游动，田野一望无边，目光尽可以一纵再纵。选定一个地点，向远处吆喝一声，若声音远去消散，则再换一个地点继续吆喝，往往要吆喝数十次、换数十个地点，会突然从远方清晰地传回一声同样的吆喝。这时我就赶紧圈定我站立的地点，然后向下挖，直到挖出一个比拳头大一点的泥球。轻轻掰开泥球，就会看见闪蛹：一只白胖蜷缩的虫子，裸如赤子。

根据我的经验，闪蛹多在田埂上。当然，至今我也不清楚吆喝、闪蛹跟远方回响的关系。甚至根据我现在的理性推断，它非常不科学。但在我童年的田野中，它的确传递给我一种神秘的经验：人跟虚空，有一种呼应的可能。

在我小学三年级时，从东北转学来了一个女孩。这个女孩学习成绩不佳，我的同桌学习成绩优秀，老师指定他辅导女孩学习。他跟女孩很快结下了深厚的友谊。半年后，女孩转学回去了。我的同桌常给女孩写信，也常收到女孩的来信。他是我们学校第一个有书信往来的学生。他每次写信时苦思冥想，每次读信时眉开眼笑。

在我小学四年级时，从东北又转学来了一个女孩。这个女孩学习成绩优秀，不需要人辅导。我很想跟她结下深厚的友谊。有次女孩跟我的同桌争执狗吃不吃雪的问题。女孩说狗吃雪，我同桌说狗不吃雪。我说我家的狗就吃雪。女孩赢了。从此跟我结下深厚的友谊。半年后，我忐忑地问女孩什么时候回东北。女孩说你放心，我不回东北了，我们在这儿安家了。瞬间我眼前一暗，向远方写信的愿望就这样破灭了。

在我的童年时代，我们村识字的人不多。我父亲常替人写信。一般是夜晚，在灯下，来人坐在一边等，他一字一句写，写完要给人读一遍。我常听见父亲念："某某某：见字如面。”“见字如面”这四个字延伸了我们村跟远方世界的关系，给我留下了深刻而美好的印象。

我人生中第一封信写于小学五年级，是写给父亲的。有次我一支钢笔坏了，怕父亲责骂，便给父亲写了封信，夹在钢笔的笔帽上，放到窗台。父亲看完后给我修好了钢笔，还表扬了我，说：“这学，没白上。”那次我知道信可以说嘴上不能说、不敢说、不想说或说不了的话——心里话。

后来，我就长大了。信不再叫信了，叫短信。又后来，也不叫短信了，叫微信。但是写信的梦想还一直在；它照进了现实，就是这本书的形状。

这本以信为名的书，写的是关于故事的事。故事是信史，也是未来之史。讲故事的人则是穿梭于过去、当下与未来的信使。亚里士多德说：“一个讲不好故事的时代，其结果是颓废与堕落。”而我们正身处这样一个时代。需要有人投递出信使之函。

于是，我将这些有关于故事的文字以信的名义寄往远方。希望它们越过高山大河，投递给那些讲故事的人或有故事的人或渴望故事的人，像雪静静落在火焰上，像水相通于另外的水，像一树树梅花照眼。更希望如在童年的田野上一样，从远方，从虚空，传来清晰的回响。

纸短意长。那么，见字如面。

目录

01

我没有守口如瓶

第一封信　我们这里怎么了

无论影视业有多么产业化、工业化，故事的创作从本质上而言是且只能是一门手工艺术。

最近几年，影视业的上下游都行动起来了，可以说是风起云涌。

首先是资本的行动。以前，除了体制内的影视机构，支撑影视业的主要资本来自盖房子的朋友，专业术语叫房地产商。后来挖煤的老乡们也来凑过一阵热闹，但挖煤的老乡们对这个行业没有什么真正的热情，玩儿个票也就走了。当然，更多的时候，老乡们玩的是“女票”。现在，这些老乡以及这些老乡的上线被抓起来的不少。由此可见，玩票不要紧，但玩钞票和玩“女票”，风险还是很大的。

其实，影视业的资本真正热闹起来，还是最近几年。搞房宰的，开饭馆的，搞能源的，搞电商的，搞旅游的，卖火腿肠的，都来了。这个现象是好是坏，还需要长远考量，但短期来看，这些热钱、傻钱还没有真正帮助到影视业，并且催生了一批泡沫作品，也烧坏了很多编剧、导演、制片人的脑子。但我依然不认为这就一定是个坏现象，因为跟钱、跟财富打交道是人类永恒的命题，让影视界的同志们早一点见识一下钱，比晚一点好。虽然非常遗憾的是，同志们目前对金钱还没有什么抵抗力，一倒一大片。所以我认为，最近几年是影视界大跃进的几年，数量上早就超英赶美了，质量上却比日韩还落下一大截儿。

除了资本的行动，演员们最近几年的行动也非常强烈。我有时候因为不甘寂寞，也沽名钓誉地参加了一些影视活动、颁奖晚会，在后台的时候，我一般都不敢抬头，因为根本认不出谁是谁，生怕把张三叫成了李四。以前主要是女演员长得像，最近我发现一些年轻的男演员也开始长得越来越像了。就跟我们的影视作品一样，模样也开始跟风了。太惊悚了。我后来一琢磨，这里边有化妆的因素，也有整容的因素。据说韩国有一条街，是为中国爱美人民服务的。说实话，我真是为这些长着双眼皮、尖下巴和高鼻梁的演员朋友们担心，因为根据常识我们知道，长相的流行也是在变化的，以后如果流行单眼皮、圆下巴呢？再整回来不成？

演员朋友们对修改自己的模样都有着极大的兴趣和毅力，当然，这是他们的人身权利，无可厚非，我只是善意提醒，毕竟整丑了的也大有人在。我所担心的是，相比修改自己，演员朋友们对修改剧本有更大的兴趣。2010 年，大量资本涌入影视业，演员朋友们片酬暴涨，兴高采烈地掌控了局面，不拍戏的时候改自己，拍戏的时候改剧本。在我们这块神奇的土地上，有钱就等于有权力，有权力就等于有能力。这逻辑非常古怪，但却颠扑不破。这几年，我们到底生产了什么样的作品，大家也都看见了，特别像一出整容事故的现场。在此温馨提醒演员朋友们，修改自己要谨慎，修改剧本更要三思而后行。也建议演员朋友们抽空学习一下《著作权法》。

导演们最近几年的行动也集中在两点。一点是很多电视剧导演从片场消失了，他们已不再亲临一线拍摄。导演的功能主要体现在指导表演、场面调度和调性设计，当放弃了这一切之后，他们还是导演吗？我觉得很多导演更像是艺术总监或监制。当然，也不是所有的电视剧导演都是这样，依然有坚守阵地的战士，比如《决胜》的导演阎建钢。这部戏在京郊拍摄，条件非常艰苦，但阎建钢导演执掌每一个镜头的拍摄。我曾提议说，您已经不是年轻导演了，要不让剧组给您配一辆房车。他说我除了每天上两趟厕所，其余时间全部在现场，没这个必要，如果非要配，可以把钱发给我。我去现场待了几天，发现果然如此，令人尊敬。

编剧是纸上谈兵，导演是兵中谈纸，导演撤离现场，这个行动令人费解。

另一点是很多电视剧导演开始在屏幕上打出“×× 作品”字样，有的是用醒目的大标题以及强烈的音乐衬托，轰隆隆推出来；有的是去刻了戳儿，“咔”的一个背景声，盖到屏幕上。这本来是电影圈的恶习，现在也开始蔓延到电视剧行业了。坏榜样的力量真是可怕。这不是品质问题，不是虚荣心问题，这是法律问题。也建议有这个癖好的导演老师们学习一下《著作权法》。

相对于其他上下游的行动，编剧的行动力不强，基本是被动的。最近几年，编剧们被要求成为变形金刚，让你写成什么样儿就得写成什么样儿，一句话，必须上天入地，无所不能。举个例子，我跟阎建钢导演合作的电视剧《决胜》，之前的某一位投资方负责人跟我谈话说，方金，前三集剧本需要修改，要更快、更猛、更强，要让所有电视台的人见了这三集剧本就服气。我说要达到你说的这个效果，不是改前三集。他说那改什么。我说要改合同，咱们把合同解除了吧。别说我，即便写剧本的祖师爷莎士比亚老师、汤显祖老师还活着，他们也写不出让所有电视台都服气的前三集。现在，前三集已经成了影视项目的魔咒。在漫咖啡、昆仑饭店、丽都广场等影视圈人士聚集的地方，除了谈“不缺钱”“只缺好剧本”这两个在影视圈流传已久的惊天谎言之外，谈的就是剧本的前三集。好像整个影视业就活在前三集里边。如果这么一直进化下去，影视圈会不会出现一种专门的前三集编剧呢？像伟大的程咬金老师一样，砍完那惊天地泣鬼神的三板斧就转身走人。

今天，我们讲故事的人，制作故事的人，负责播出故事的人，都变成了急性子的程咬金，都想三板斧砍死对方拉倒。在北京有一个琉璃厂，是个卖古玩字画的地方，一直到民国的时候，还保留着一个非常好的传统，就是无论是穷秀才，还是顽劣的小孩，以至于任何寒酸没落之人，凡是进店来想观看古玩字画的，店家明知道他们不买，也都一律恭敬相待、认真介绍，因为他们知道，穷秀才可能转眼就发达了，小孩总有一天会长大，都有可能变成他们的顾客。琉璃厂之所以成为宝地，是因为这里的人有一颗宝贵的心，这颗宝贵的心叫耐心，他们有耐心培养他们的顾客，有耐心与未来周旋。但是我们今天的社会，人人都是程咬金，咬牙切齿抡着那没头没脑的三板斧，我们的影视界，已经失去了培养观众的兴趣，失去了跟未来周旋的耐心。美国的乔布斯老师把纯粹的商品手机卖出了价值观，我们这里却把应该卖价值观的电影当成了纯粹的商品。

雪山在雪崩的时候，没有任何一片雪花觉得自己有责任。作为影视业中的一个环节，编剧不是变形金刚，也不是程咬金，不可能满足快干猛上的机械化要求。编剧充其量只是一棵树，需要经历四季循环，才能有年轮的感受；需要吸纳阳光雨水，才能让绿意爬满枝头。无论影视业有多么产业化、工业化，故事的创作从本质上而言是且只能是一门手工艺术。很多年来，大家都把讲故事的人当成造梦工程师，把故事当成一个梦，但我坚持不这么认为。我认为，生活才像一个梦。因为生活和梦一样，都带有碎片性和虚假性。讲故事的人不该是程咬金，也成不了变形金刚，他只能讲好他能讲好的故事；好故事，也不是一个梦，而是一条真相的大河，它穿过谎言的险滩，倾泻出情感的瀑布，让我们看破幻象、不虚此生；好故事是人生另一片没有雾霾的蓝天，不管你有意间还是无意间抬头，它都在那儿等着你，准备带给你深切安慰。希望我们能讲出并制作出这样的故事。

第二封信　危险的谎言

当剧本的概念被拉伸成 IP 概念的时候，编剧实际上已经沦为功能性的工具，失去了主体地位。

我曾戳穿我国影视界的两大无耻谎言。一是不缺钱。在影视界你无论见到谁，都能听见他们说我们不缺钱。这话特别气人，尤其是对于我这样缺钱的人来说。二是缺好剧本。这更气人，因为我除了会写好剧本，别无所长。这两句话非常无耻。按照剧作法分析，它们背后的潜台词是什么呢？是既缺钱又缺心眼儿。

现在这两点情况变化非常大。一、关于不缺钱。影视界从总量来说，还真是不缺钱了。首先，我国的股市变成了事故。很多股市的钱撤到了影视里。其次是房地产商、电商、搞屠宰的、开餐馆的，还有很多如雨后春笋般出现的基金，也都开始搞影视或者被影视搞了，很多傻钱聪明钱都跑到影视这边来了，所以他们真的不缺钱了，影视界形势大好，一片虚假繁荣了。二、关于缺好剧本。这句话影视界也倒真不提了。从去年年底开始，实际上已经没人再提剧本这事了。他们找到了一个新概念，叫大 IP，取代了剧本这件事儿。所谓大 IP，其实就是摘桃子，夺取胜利果实，以胜利果实作资本，走向更大的胜利。对于公司经营行为来说，架着资本的梯子夺桃子无可厚非，但创作者万不可这么想。因为我们就是那桃子，桃子上树靠的可不是梯子，除非你是个假桃子。

原来不管真的假的，影视界还会嚷嚷几句“剧本剧本，一剧之本”，现在谁再这么说，会让人觉得很 low。所以对于编剧来说，真是到了最危险的时候。当剧本的概念被拉伸成 IP 的时候，编剧实际上已经沦为功能性的工具，失去了主体地位。所以我对编剧的提醒是，一定不能坐以待毙。有导演能力的编剧，要向下延伸去做导演，尽快编导一体；有制作能力的编剧，要向上回溯去当制片人，以编剧兼制作人的身份，掌握故事的核心话语权；没有导演和制作能力的编剧，要慎重挑选自己的合作伙伴，要拒绝那些不具备改编价值的大 IP。现在很多价值不大的网络小说被人包装成大 IP，他们骗自己、骗资本或者互相骗，编剧们不要上当。

网络小说通过这十几年的发展，确实涌现了一些有价值的作品，但大部分还在水准线以下。而且网络小说的题材主要还是集中在三个方面。一是描写在夜里干活儿的人，这是涉黄的那类小说，现在已经被清理了；二是描写在地下干活儿的人，这是盗墓的那批小说，这批小说群众基础最好，现在也被最大化利用了；三是描写不好好待着，回到历史和进入未来去干活儿的人，这是穿越和玄幻小说，大部分漏洞百出、惨不忍睹。编剧不要轻易进入这些所谓大 IP 的雷区，而是要多做原创。编剧王力扶是我的好朋友，一年以前还热衷于改编别人的作品，现在幡然醒悟了，力主原创。希望有更多觉悟的编剧，拒绝改编烂 IP，做自己故事的主人。

第三封信　手快有、手慢无的IP游戏

电影本来分两种，好电影和坏电影。好坏我们都能接受。但中国还有一种，就是假电影。

年前我跟汪海林老师去一个金融论坛，谈 IP 的价值转化什么的，参加那个论坛的有网站大 IP 推手，有金融界的投资人，还有业内同行。我们几乎给人家砸了场子。那次有个阅文集团的负责人，说他们现在手上有一千部优质 IP，把我跟海林吓得够呛。如果这是真的，编剧就没活路了，因为突然亩产万斤的良田出现了，我们亩产百斤的良人好像就应该被淘汰了。如果这是假的，艺术质量就没活路了。全世界都面临故事匮乏的困境，都为找不到好故事而烦恼，但是在这遥远的东方有一条龙，一开口就吐出了一千部故事，而且这还仅仅是一个网站。不管真假，这都是一个危险的信号。所以我给大 IP 下了一个定论：大 IP 是一个骗局。就跟资本炒作大葱大蒜一样，等 IP 热过去，下一个投资热点出现，资本就奔新地儿去了，IP 就像是传销者手里的信物。

我本来以为，一个网站宣布自己有一千部 IP 已经是文化大跃进了，但是万万没想到马化腾老师在两会上的提案中，说其旗下阅文集团有一千万部文学作品。当时一千部就吓我一跳，“一千万部”概念一出，我倒也没什么感觉，算是瞬间石化、立地成佛了。大家知道一千万部是什么概念吗？从汉字诞生到今天，中国有一千万部文学作品吗？我查了一下相关资料，没有确切数字。要知道，马化腾老师指的应该主要是小说 IP，诗和散文不在他的计算之内。我的好朋友、编剧高大庸有一条朋友圈说，一千万部文学作品听上去很震撼，其实是四部，分别是霸道皇帝爱上我，三百万部；满朝文武爱上我，三百万部；花魁大长腿之贴身龟奴，三百万部；鬼吹灯鬼吹蜡鬼吹喇叭，一百万部。这么合并同类项之后好像能摸着点眉目了。

所以影视这点事儿其实越来越简单了，因为它的游戏规则变粗暴了。原来影视界的投资主要来自房地产企业，偶尔有煤老板探头探脑进来玩个票，当然，有时也顺带玩个“女票”。

总体来说，房地产老板和煤老板都不想改变影视的游戏规则，没有要求影视界要有盖房子思维和挖煤思维。但是互联网资本进来以后，要求影视界的人得有互联网思维。还发明了一个词，叫网感。现在你网感不好，搞不了影视。但是到底什么是网感呢？快感人人都清楚，痛感、幸福感每个人的程度不同，但大家也都明白。唯独这个网感比较难解释。大家记住，当一个词或概念，只有特定人群使用或才能解释的话，这一般就是骗局，是话术。

互联网资本把影视的游戏规则变得粗暴简单。首先要快。拿到一个 IP 赶紧弄，手快有，手慢无。气人有，笑人无。现在有些公司照着点击率排行榜和读者评分榜从上往下买，有些买了也不拍。为什么有些公司买了也不拍但还要买？就是我不拍你也甭想拍，花钱把对方成功的可能性掐死在萌芽之中。这也叫跑马圈地，开疆拓土。我们已经把日本的小说版权给买空了，把日本和韩国的综艺节目也买空了。现在好多公司又盯上了英国、美国的一些偏僻一点的剧目，准备买了来翻拍。这都算讲究的了，还有些公司养着一拨人，专门扒各种外国剧目。这样会不会成功呢，从赢利角度来说，非常成功。已经有一些手快的同胞赚到钱了，还有些已经上市了。

其次胆儿要肥。就是要敢于造假。你要拍电视剧，要学会买收视率；你要拍电影，要学会买票房。除了这两点，还必须得学会买水军。虽然买了水军也不一定能水淹三军，但是如果你不买水军就肯定会被喷成水货。大家知道，水军是没有原则的，比如说律师行业，一个律师事务所接了原告，就肯定不会再接被告，但是水军可以原告被告都接，自己喷自己，唾沫星子就是钱，手指头卷单饼，自己大补自己。水军有个冠冕堂皇的名字，叫口碑营销。大家可以看看有篇水军揭秘的文章，说有一伙水军接了同档期两部电影的口碑营销，左右手互搏，生生把两部电影的口碑营销变成了墓碑营销，同归于尽，谁也没落着好。假收视率、假票房、真水军，这一真二假三兄弟是中国影视业的原罪和毒瘤。在这样的形势下，越成功的企业就越可疑，就像孙悟空的尾巴，变成庙里的旗杆它也终究是一个猴子尾巴。

在一个以假为真的行业里工作是危险的，如果不同流合污，坚持当真的，就有成为赝品的危险。姜文老师的《让子弹飞》里，那个假黄四郎被当成真的以后，真黄四郎就成了假的。李鬼拿着假板斧能所向披靡，李逵那真板斧就显得很傻。以前的影视界好歹是文艺界，顶多有伪君子，有绯闻，伪君子和绯闻其实也挺好的，说明我们活在一个真实的人性世界里。但现在影视界是资本界，不管是编剧、导演、演员、制片人还是其他什么人，要是没有这俩标志就抬不起头：一是上市公司或即将上市公司的股份，没有说明你不牛逼；二是自带会所。原来中国影视界谈事都喜欢去公共场所，酒店、咖啡馆、办公室什么的，后来加了漫咖啡，五亿以上的项目都喜欢在漫咖啡谈。现在不管是谁都会说来我会所吧。我为此非常自卑，不但没有股份，竟然连个会所也没有。我前几天突发奇想，是不是我也得弄个会所，装装样子，找个老乡当大师傅，有人来谈上亿的项目就吃点家乡菜，显露一下我的朴实本色。但我去一打听房租，太贵了，肉疼，立即打消了这个念头。

我不是成功人士，没上市也没上师，没股份也没会所，典型的四无人员，所以没有成功学可讲。实际上，我的主要身份是电视剧编剧。虽然我的电视剧作品不多，但还是以写电视剧为主，但就是这个身份没准儿很快也被淘汰了。李鬼是李逵，李逵就是李鬼。不要觉得我开玩笑，现在我就变成了赝品李鬼，拎着沉甸甸的板斧在夕阳西下的十字路口不知道砍谁，人间正道是荒凉，我守护的这条道儿已经没多少人走了。

我入行十几年，一向被人说写得不错，但近一年来，情况发生了极大的变化。最近有两三家特别 low 的大公司，评估我剧本的时候，都说我写得陈旧、老套、不好玩儿。我写的都不好玩儿了那世界可能真的被玩儿坏了。资本竟然真的把影视美学给改变了，把一帮刚进入影视的年轻工作者变成了狗血少年。在几年前，中国影视界主要拍婆媳剧的时候，我一直在批评他们，那时候影视界的人都说现在的主流观众是中老年妇女朋友，要照顾她们，我当时批评他们为什么不照顾一下年轻人。但怎么过了没几年，他们就不照顾这些中老年朋友了，就都是“90 后”看电视了？所以我还是要批评他们，为什么不照顾一下我们的中老年朋友？我有些小看资本家了，他们确实能呼风唤雨。看来还需要打起精神，兵来将挡水来土掩，水军来了用什么淹我还得想想。我的制片人跟我说，方金你不要出来说话，你要用作品说话。我说我自己会说话，我能说的话就不让作品说了。好作品都多脆弱啊，我能受累的就别让作品去遭受蹂躏了。

我在年前的那次论坛上说了一句话：“IP 概念不死，斗争不止。”实际上这是一个你死我活的局面。三聚氰胺剧不死，八仙过海剧难活。假电影不死，真电影难立。大家要知道，电影本来分两种，好电影和坏电影。好坏我们都能接受。但中国还有一种，就是假电影。它也是用电拍的，也有影儿，但从头发梢儿到脚趾甲盖儿都是假的。假电影你看海报和预告片就能看出来，一闻就是地沟油味道，有的还加了猛料一滴香。牛奶里掺三聚氰胺的被判了死刑，影视里掺三聚氰胺的都在走红地毯，开多少亿票房的庆功会。

第四封信　我们是人类的语言魔术师

创作者必须联手跟资本博弈。我们是独立创作的个体，是人类的语言魔术师、心灵导航员，应该以写出好故事为主要甚至是唯一目的。

天下风云出我辈，一入网络岁月催。在网络诞生以前，一个作家因为写作累死，是非常大的事件，比如路遥老师。但在网络时代，已经有多位网络作家倒在写作岗位前。搞网络文学还是要悠着点，有赚不完的钱，没有过不完的日子。

我认识一些网络作家，其中不少有过交往。其中一位叫老蛇，笔名蛇从革。刚出了一个小说系列，叫“大宗师”。书我还没来得及看，但封面一打眼，怪力乱神的元素都有，应该很好看。老蛇是个挺腼腆的小伙子，真名徐云峰，我估计他觉得自己狡猾性神秘性不够，就将名字里加了条蛇。云从龙，风从虎，蛇从革，或许是这个意思。我们是通过《老炮儿》的编剧董润年认识的。董润年的太太应萝佳开了一家公司，叫合众睿客，是一家服务于编剧、作家的经纪公司。这公司很靠谱，老蛇就签在这儿。他们公司的签约作者都喜欢在工作室写字。我有时写不下去了，就去看看他们的写作状态，以便激励自己。老蛇和董润年两人一间工作室，每次去的时候，都能看见这样一幅景象：网络作家老蛇坐在电脑前一本正经、心无旁骛地“啪啦啪啦”打字，还不忘跟我潇洒地打个招呼：“宋老师来了，坐，喝茶。”旁边的传统编剧董润年我从来就没见他打过字，坐倒是坐在电脑跟前，但总是愁眉苦脸的，手掌支在腮上，连连哀叹：“写不动，写不动啊。”要不就是感叹：“为什么我一坐到电脑前就困呢。”再不就是问：“到饭点儿了吧？”我跟他说你要向老蛇学习，老蛇一边打字一边说这你们学不了，这是常年网络写作练就的功夫。我老蛇日写一万，夜干三千。

到了晚上，我请润年、老蛇等人喝酒。润年每次见我必醉，跟我一喝酒就是自暴自弃的打算，无限量畅饮。老蛇每次前三杯的时候，总是说“还要夜干三千呢，我少喝，少喝”。三杯过后，我们也不再劝，老蛇见我们喝得太热烈，就会自己再倒一杯，说我再喝一杯吧。如此一来二去，老蛇也是酩酊大醉。走的时候，我说你还能夜干三千吗？老蛇说必须啊，网友们在祖国各地眼巴巴等我填坑呢。过了几天，我问老蛇，坑填了吗，老蛇虚弱地说，与君一席酒，三天手发抖。我连着三天没更新了，我已经掉坑里了。后来老蛇发现每次跟我喝酒大概都是这样，就有些想见我又不敢见我。他的经纪人应萝佳找我谈话，说宋老师，你已经影响到中国网络文学的发展进程了，你要喝酒就找我们公司的传统编剧、作家来喝，我也可以派我们家董润年跟你喝，我们公司的网络作家你就别来祸害了。由此我们可以看出网络文学的一些创作特性。

一是即兴。很难有充分的深思熟虑的时间，更多是信马由缰，靠才华和直觉闯关。

二是速度。必须得保证日日更新。二十几年前，我们县文化馆有个作家，为了证明自己厉害，总跟人吹牛，说我天天写作日日发表。我们笑话他，你天天写作是可能的，日日发表怎么可能？那时候最牛的最当红的作家，比如莫言老师，比如刘震云老师，写完一部作品，想要在期刊发表，最快也得三个月以后。如果是出一本书，则要一两年的时间。那时候不敢奢想日日发表的局面。现在来看的话，别说日日发表，时时刻刻发表都是有可能的。这是网络的伟大之处。

三是互动。以前的作家写完一部作品，要听到回声，需要很长时间，而且也只是零星的回声；现在在网络上，可以秒回，可以听到形形色色的声音。传统社会结构中，一个人发表意见要慎重，很多时候他的意见已经综合了种种因素在内，并不单纯。但网络释放了人性格真实的一面，不用负责任，笑骂由心。这种互动会影响到作家的创作心态，让他有可能也有机会随时调整。当然，这种互动利弊互见，但它是网络文学创作的特性之一。

我想大家都知道，目前的大 IP 其实主要是针对网络小说提出的概念，我反对大 IP，就有一种声音说我们这些编剧是怕被网络作家抢走了饭碗。其实我们反对的不是网络小说，也不是网络作家，我们反对的是资本。甚至，我们不反对真正的 IP，我们反对的是虚假制造 IP。我们反对垄断与倾销的影视生产方式，这是对文化多样性的毁灭性打击。文化灭，则精神灭。可以说，我们是第一批看清了 IP 概念背后真相的人。

2015 年 12 月，阿里影业副总裁徐远翔在天津一个影视论坛上的发言，终于把资本的心声体现出来了。他们将剧本创作分成两截，一是先找百度贴吧吧主，或者是网络作家，写出一个创意，二是再找职业编剧和导演发展成剧本，这么做的结果是谁都没有版权，只有资本有。我们都知道，接下来的时代是版权经济。谁掌握版权，谁就拥有未来。资本通过炒作大 IP 概念，不但矮化了创作者，也绑架了渠道和平台，现在他们甚至导致了中国影视美学的倒退。粗制滥造，大干快上，故事虚假，内容苍白，中国影视一片虚假繁荣，富有得只剩下钱了。徐远翔等人的言论是，没有大 IP 你根本什么也拍不了。我在年前回应过他们，我说别吹牛了，只有一种情况下，我们拍不了电影，那就是没有电我们拍不了电影。但现在的局面确实比较凶险，资本控制了上游，也控制了中下游。从创作，到渠道，再到播出平台，已经全面沦陷了。原来房地产老板和煤老板投资影视的时候，是放手不管的，让专业人士干专业的事儿，但现在这拨要命不要钱的资本，是想从头到脚改变游戏规则。现在很多公司，非大 IP 不拍，很多平台，非大 IP 不播。这就是资本掌控局面的后果。资本把自己搞成了文艺法西斯。除了大 IP 花，其他花都不许开，不让开。

所以也提醒在网络上写作的作家朋友们，一定要把版权掌握在自己手里。与狼共舞尚有可能，与虎谋皮死路一条。创作者必须联手跟资本博弈，我们不能沦为资本赚钱的打手，我们是独立创作的个体，是人类的语言魔术师、心灵导航员，应该以写出好故事为主要甚至是唯一目的。

第五封信　讲故事的人

科学家用数学、物理与化学猜测上帝的头脑，我们用故事、人物与情感来猜想上帝的心意。

最近几年，王兴东老师为了电影界的一些问题一直在奔走、呼吁。中国电影金鸡奖增加了最佳改编剧本奖，就是王兴东老师持续不断地推动与呼吁的结果。这是一件功德无量的事情。当然，王老师不光高瞻远瞩地做了很多前瞻性工作，也做了很多普及性和基础性工作。比如，王老师牵头制订了三份编剧合同模板，并将这个模板通过网络免费分享。不要小看编剧合同，中国影视界的大部分问题都能在合同上体现出来。合同是一个行业对契约精神的看法。一般来说，合同越厚、条款越细的行业，契约精神越强。在影视界，大部分编剧都有签合同的血泪史。等哪一天我们的影视合同厚到好莱坞程度的时候，影视复兴指日可待。

王老师制作并分享了标准的合同模板以后，我欣喜若狂，如获至宝，因为这个合同非常详细，充分考虑到了甲乙双方的利益。从此以后，我再没使用过其他合同模板，任何要跟我签合同的投资方，必须得使用这个模板跟我签。自从我提出这个要求以后，到今天为止，不多不少，我一份合同也没签成。兴东老师，我的损失非常大啊。

这说明什么呢？说明王老师这个合同不标准吗？当然不是。是因为它太标准了！它标准到签这个合同的投资方会肝儿颤。最近还是有些公司在跟我谈合同，合同里写满了包括但不限于某某某某等全球性权利全归甲方、必须要改到甲方满意、甲方可以任意怎么样等严丝合缝但又自以为是的既流氓又法律的套话和空话。

很多年来，我们的影视界将没有标准当作了标准，将不讲规矩当作了规矩，他们习惯了吃知识产权的霸王餐。现在你不让他们吃，他们就生气，闹别扭，脑子还拐不过弯来。他们拐不过弯来，对不起，我就不上他们的车了。因为作为一个学过初中物理的人，我知道拐不过弯来的车，将面临三种后果：一、撞墙上；二、掉沟里；三、先撞到墙上再掉进沟里。所以我决定走我自己该走的路，让他们去拐他们拐不过来的弯。

我非常喜欢美国剧作家田纳西·威廉斯的剧本《欲望号街车》。女主角布兰琪有一句令人心碎的台词，她说：“我总是依靠陌生人的善意。”这么多年，中国编剧的权利其实也一直在依赖制片人、导演、投资人的善意。一旦他们没有善意，连署名都不能保证。我认为，这样的时代应该结束了。有能力讲故事的人应该站出来，掌控自己的故事和命运。在这方面，有些作家、编剧做得非常好，他们创造了版权经济的奇迹。我相信版权时代的来临，对编剧来说是革命性的。机会已经来了，就看谁做好了准备。

我认为，有准备有能力的编剧最好能摆脱掉资本和市场的追逐，最好的甲方是而且永远是岁月和生命。我们应该受岁月和生命的委托来书写世界的故事。我认为我们应该写自己想写的故事，写自己能写的故事，写自己相信的故事，写自己一往情深的故事。现在的中国电影里，有刀枪剑戟，有丰乳肥臀，有复杂的谋杀，有欲望的火焰，唯独缺少善意、从容与深情。头重脚轻尚可理解，本末倒置实在是荒唐。

但不管怎么样，故事我们还是要讲下去。因为讲故事是我们这群人的宿命，也是我们的使命。我们甚至必须抱有更大的野心，给上帝讲一个故事，跟他老人家捉一下迷藏。科学家用数学、物理与化学猜测上帝的头脑，我们用故事、人物与情感来猜想上帝的心意。这世界绝不是无缘无故，必有一个终极答案以两种形式分别藏在科学与艺术之中。我们追随在莎士比亚、托尔斯泰、田纳西·威廉斯等讲故事的人的身后，跟爱因斯坦、牛顿和霍金这样的科学家赛跑，看谁能先猜出上帝的答案，来到上帝的面前。我希望我们讲故事的这边能赢。

第六封信　消失的片头和片尾

无论播出故事的平台怎样沧海桑田，
故事就是故事，手艺就是手艺。

现在无论是国家领导人，还是社会精英、白领蓝领，都对影视艺术充满了关心和热爱。虽然我们目前还不是一个创造故事的大国，但我们确实是一个消费故事的大国。举两个例子。之前我回了一趟老家，老家在山东一个偏僻的村里。我们村里的村主任是我堂叔，外号大明白人，他知道我在北京写电视剧，见到我后眉头紧锁，说，方金贤侄啊，电视剧的质量在急剧下降啊。我当时心头一震，没想到除了国家领导人，我老家的农民朋友们也关注着电视剧艺术的发展。我说，大明白叔，你是怎么感觉到电视剧质量下降的呢？他说，贤侄啊，这是明摆着的啊，村里聚众赌博的风气又起来了，没好电视剧，晚上压不住这帮闲人啊。说实话，我听了以后顿时觉得肩上的担子重了许多。

杭州有一家外国高档连锁酒店，叫法云安缦。这家酒店的特点就是贵，非常高冷，自成一体，而且最高冷的一个特点，就是提倡自然安静。法云安缦开遍全世界，房间里不装电视。大家知道，以前有一个外国的聊天软件，叫 MSN，现在已经关了。当年它进入中国的时候，不增加隐身功能。因为他们觉得，我在就是在，不在就是不在，为什么要有这个功能呢？MSN 的设计者不太懂中国文化，我们中国文化中很重要的一个特点是在的时候说不在，不在的时候说在，在还是不在，不取决于物理事实，取决于一念之间。虽然后来 MSN 也迫于压力增加了隐身功能，但最终没干过 QQ。法云安缦也面临同样的问题。开到中国的时候，发现贵不要紧，再贵也有人来，但房间里不装电视他们就装高冷装不下去了，于是这家酒店在中国开店的时候还是装了电视。我们中国人是有多爱电视啊！从我们村大明白人到法云安缦，这两件事情让我深刻认识到我们日常生活对于影视艺术的依赖，也让我想起了前段时间的一个电话。

有一天我正在家里写剧本，忽然手机响了，拿起来一看是我娘打来的。我娘不识字，以前爱听山东茂腔，我写电视剧以后，她爱看电视剧了，尤其爱看片头，她虽然不识字，但认识我的名字宋方金。她看别人的电视剧是看热闹，看我写的电视剧爱看个片头，就想看写着编剧宋方金的那一幅画面。但让我惭愧的是，这种时候并不多，因为我写得太少了。三四年出不了一部作品，好不容易出来一部了，人家电视台又已经不播片头片尾了。我娘急得不行，以前跟我唠叨过一次，说这电视剧不播编剧名了，该有人管管啊！我安慰她说，等我三四年再写一部电视剧出来，没准儿那时候电视台就播编剧名了。

我娘一般不给我打电话，一打必有急事，这次我赶紧接起来。我娘在电话里说，电视里边一群人开了一个文艺方面的会，怎么没看见你？我说我很忙，也不是什么会都参加。我娘说这个会是人家国家领导人主持召开的，去了七十二个人，没你。七十多个人都没轮到你，你还得努力啊。我说好好好，我继续努力。我问我娘会议都说些什么了，我娘说我没看见你，就没听他们说什么，你自己去看吧。

我家里没电视，挂断电话，我上网看了看，发现我娘看见的就是习近平总书记召开的文艺座谈会。这个座谈会的内容我认真学习了一下，我体会到的一点就是，座谈会强调了文艺创作的常识，强调文艺要扎根人民，扎根生活。

作家刘震云是我的好朋友，也是我非常尊敬的师长。刘老师语重心长，凡有人向他请教人生之路或创作之路，他经常说的三句话是：一、走正道；二、不旁骛；三、不着急。刘老师的九字箴言也适合所有讲故事的人，无论播出故事的平台怎样沧海桑田，故事就是故事，手艺就是手艺，要走正道——遵守故事的规律；要不旁骛——专注故事的技术；要不着急——等待故事的成熟。这一切的达成不光要求创作者自律，也要求有好的行规公约，好的影视环境，希望有一天我们的电视台及其他的影视播出平台至少能有耐心播出片头片尾，我在这里先代表我娘谢谢他们了。希望讲故事的人能有敬畏心面对自己的手艺，希望我们能从消费故事的大国变成创造故事的大国，希望我们村的赌博风气能够尽快扭转过来。

第七封信　我身边的“风之子”

我一直认为，我们这个宇宙是多维的，在六维以上的空间，一切虚拟的东西都将变得真实。那里必有一个天堂般的存在。

我给中国影视工作者起了一个名字，叫“风之子”，因为我们特别喜欢跟风，什么火了我们就拍什么，什么火了我们嘴里就说什么。这在漫咖啡可以考察出来。到漫咖啡去坐坐，每桌必谈的一个话题是我们的这个戏请了某流量明星来演，票房起步是五个亿，如果顺利，能破十亿。也不想想，某流量明星最近这么忙，哪有时间演戏。在漫咖啡，谈的项目没有低于五个亿的。五个亿以下的都在上岛咖啡谈。在漫咖啡，大家喜欢谈的另一个流行话题就是上市。基本每桌都有一个即将上市或正在谋划上市或至少愿景是上市的人。此人一般仪表不凡，穿得像推销员，口里能喷出各种数据，不管你提到谁，都是他的朋友。这种人我给他也起个外号，叫“朋友圈”。他跟谁其实都是“点赞之交”，但在他嘴里都是生死之交或知心爱人。

我认识的影视界的人里，也有很多这种想上市的人，但都没有上成，因为这不是你想上就能上的事儿，有很多条件。但我的一个朋友确实也上成了。特别分享一下我跟他的交往，这太励志了，可以鼓励其他想上市的人。

这个朋友大概是我十年前认识的。他的经历非常传奇。最早的时候，他靠贩辣椒起家，把辣的辣椒贩到不辣的地方去，把不辣的辣椒贩到辣的地方去。后来他又把辣的不辣的辣椒贩到了韩国。韩国需要大量的辣椒来制作辣白菜。辣白菜上边要撒辣椒粒儿。他通过辣椒出口韩国赚到了很多钱。

中国影视工作者是“风之子”，其实中国的企业家和小贩也都是风的孩子，他们也喜欢跟风。好多人看到我这个朋友赚钱以后，都想将辣的不辣的辣椒贩到韩国去。在这个过程中，开始了竞争。这个竞争不是比谁的辣椒更好，谁的服务更好，而是比谁能尽快赚到更多钱。于是这些辣椒贩子中心眼儿比较活泛的，就开始往辣椒里装小石子增加分量。韩国人也不傻啊，上了几次当以后就终止了跟中国辣椒贩子的交易。在这个过程中，我的这个朋友开始怀疑人生。他退出了辣椒界，开始为人生寻找新的意义。这时候他手里已经有了原始积累，搁手里也不是个事儿，就觉得要买点房子保值或增值。在买房子的过程中，我这个朋友嫌麻烦，要交定金，要选，而且你一犹豫，房价就“噌噌”涨。他就想，我买房子干吗，我何不盖房子去卖？于是进入了房地产界。盖了很多房子，卖了很多房子，又赚了很多钱，变成了名副其实的富人，上了几次福布斯富豪榜。

富人都是比较空虚的，我这个朋友也不例外，买了最贵的车，养了好多条名贵的狗，打高尔夫，泡温泉。反正成功人士的正常配置，他都有了。但他还是空虚。晚上睡不着觉。很多人睡不着觉是忧国忧民，他是忧自己。有一天，有人告诉他：文化产业正蓬勃发展，你应该进入影视界。这一年是2005年，听人劝吃饱饭，我的这个朋友就把狗卖了，把高尔夫杆收了，进入了影视界。

我的这个朋友非常谦虚，他打听了一下，影视界的核心是什么，好多人告诉他，剧本剧本，一剧之本。于是他就开始约见各种各样的编剧。我就是在这个时候，认识了他。我的这个朋友跟好多编剧洽谈以后，产生了一个苦恼，编剧都要求他付订金，不给钱不写。他百思不得其解，问我，我还没看到剧本，为什么要付钱呢？我提醒他说，大哥，买你房子的人也都是在没看到你房子的时候就付了定金。他说不对，我的房子没有腿，跑不了。你们编剧随时都可以跑。我说如果你对我们编剧这么不信任，我也没有办法。他对此非常感慨，说，我作为一个商人，非常爱钱，有时也有些无耻举动，这我都能理解我自己，但我不理解为什么你们编剧，作为文化人，竟都这么见钱眼开。难道世风日下，人心已经如此不古了？算了，我自己开发剧本，我搞原创。等我找到了故事，再来雇你们写。这样你们跑了，我也还有一个创意。我说大哥，祝你成功。

我的这位朋友非常有行动力，说干就干。影视影视，他决定既搞电影，也搞电视。2005 年的时候，电影市场还一片低迷，那一年中国电影总票房是 16 个亿，还比不上《速度与激情 7》一部电影的票房。我的这位朋友那时觉得要搞电影就要搞主旋律电影，不完全走商业路线，这样比较保险。他问我中国主旋律电影最牛的编剧是谁，我说是王兴东老师。他问我王兴东老师为什么最牛。我就举了一个例子，是王兴东老师编剧的《离开雷锋的日子》。雷锋是个好人，干了一辈子好事。如果写雷锋干好人好事，这个电影会非常简单乏味，没人看，但王兴东老师的角度非常刁钻，他写了撞死雷锋的那个战友乔安山。乔安山因为撞死了雷锋，非常内疚，一生都在忏悔之中，他决定自己继承雷锋精神，干了一辈子好人好事。

我说这是一个非常牛的艺术性发现，既弘扬了主旋律，又非常感人。我的这位朋友也拍手叫绝，他问我能请王兴东老师写剧本吗，我说我可以帮你联系，不过王兴东老师虽然高风亮节，但也是需要你付订金的，这是行规。我的这位朋友一听，说那这样，先不麻烦王兴东老师，我们能不能借鉴一下王兴东老师的创意，我们也写个离开谁谁谁，比如，我们离开黄继光、离开邱少云不行吗？我说大哥，黄继光同志和邱少云同志虽然都是惊天动地的英雄，但黄同志和邱同志都是在战斗中死亡的，当时炮火连天，有些事情搞不清楚，而且黄同志和邱同志都是被敌人打死的，其他同志们虽然难过，但也没有太多主观感受，因为战斗中死人是很正常的。

我的这位朋友文化程度不高，但悟性很强，马上明白了。他说我知道了，我知道怎么搞了。于是我的这位朋友给自己定了一个工作模式，上午搞电影，下午搞电视剧。具体流程是这样的，上午起床以后，开始看《人民日报》。他看什么呢，看讣告。主要是看谁死了。大家都知道，人死如灯灭，但如果一个人能死在《人民日报》上，此人就可能不朽，即使比不上雷锋那么高大，但也至少是英雄人物、劳动模范什么的。我的这位朋友只要看到有讣告，就根据通知日期，赶往八宝山，参加追悼会。他根据追悼会规模、出席领导的级别，基本就能判断出这个电影该不该拍，如果拍就能预估出拍这部电影的投资规模，然后再找编剧去写。

有一天，他兴高采烈地打电话跟我说，有一位英雄人物去世了，这个人物非常低调，很适合你来写。如果你愿意写，我愿意付你订金。既然有订金，我觉得还是要接触一下。我大概看了一下这位英雄人物的事迹。我说，大哥，我不写。他问我为什么。我说我写作有四个原则，一、不熟悉的我不写。我不熟悉这位英雄人物的生活。他说你可以体验生活嘛，我说这位英雄人物的生活环境太残酷，我现在的体力体验不了。二、不相信的我不写。这位英雄人物的事迹太完美了，我不相信。他说你可以给他加个缺点嘛，我说他的家属未必同意啊。三、不深情的我不写。我对这样完美的人物没有深情。我的这位朋友问我什么叫深情，我说曹雪芹对他笔下的清朝儿女充满深情。四、不揭示真相的我不写。在这位英雄人物身上，我看不到人生的真相。他说你可以加个真相嘛，我说这样的话，广电总局又未必同意。我的这位朋友说，你太事儿了！看来你写不了电影，算了，我给你找电视剧写吧。

这就要说到我这位朋友的下午了，他下午开始翻晚报、生活报，以及看电视栏目，《法制进行时》什么的。他认为电视剧就要接地气。他一看到网友约见面约到了自己的儿媳妇这样的新闻就非常兴奋，觉得特别接地气。

有一天，他又兴高采烈地给我打电话，说方金，我找着一个非常好的故事，符合你的四项基本写作原则。原来他从晚报上看到一个新闻，五个子女争一套房子。他说，一、这是你熟悉的生活。难道你不是生活在人民群众中间吗？我说还真是。我决不愿意生活在人民群众心间。二、这是你相信的。你相不相信它都已经发生了。你如果不相信，我把你领到他们家。我赶紧说我信，不用现场办公了。三、不深情的你不写。曹雪芹对清朝儿女一片深情，难道你对我们共和国儿女没有一片深情吗？我看他有点急了，我说深情我还是有的，我虽然不是一个多情的人，但我也绝不是一个无情的人。四、不揭示真相的你不写。这个故事赤裸裸地揭示了人生的真相、社会的真相。怎么样，符合你的四项基本原则吧？

我说符合。但是大哥，上次我忘了告诉您，我还有第五项原则——源于生活低于生活的我不写。大家要知道，作品有三类，一是源于生活高于生活，目前的影视剧大都做不到。二是源于生活等于生活。现在的部分影视剧能做到。三是源于生活低于生活。以于正老师的作品和抗战雷剧、神剧作品为代表。当时我的这位朋友非常崩溃，他说你说话能不大喘气吗?能一次性说完吗?我说大哥，我这次说完了，我没有第六条原则了。我的这位朋友说，方金啊，缘起缘灭，咱们没合作的缘分啊。

我的这位朋友生气了，好几年没理我。今年年初，突然给我打了一个电话，说方金，我马上就要上市了，吃水不忘挖井人，当年你也是给了我一些启发的。你现在可以跟我签一个合作合同，未来给我写三部电视剧，我现在可以给你一些原始股。一上市你就有一大笔钱。我说大哥，祝贺你。你的人生需要上市，但我的人生不需要圈钱。我的这位朋友听完以后叹息了一声，挂断了电话。过了些日子，我看见我这位朋友上市了。我给他发了一个微信，想祝贺他一下。但微信发送不出去。我已经被他拉黑了。我当时万分感慨。因为失去了一个富豪榜上的朋友，我还是非常失落的。正像张馨予老师所说，缘起，缘灭，总无情，俱往矣。

现在掌控影视界的核心力量就是我这位朋友这样的人。希望我们不要被他们带乱节奏，我们要继续写我们熟悉的故事，我们相信的故事，我们一往情深的故事，我们觉得能揭示真相的故事。我一直认为，我们这个宇宙是多维的，在六维以上的空间，一切虚拟的东西都将变得真实。那里必有一个天堂般的存在。当讲故事的人在三维空间消失以后，将在多维的空间里跟他创造过的角色再次相遇并生活在一起。金庸老师会跟郭靖、黄蓉等人把酒言欢，鲁迅老师会跟阿Q、孔乙己握手言和，曹雪芹会跟林黛玉、贾宝玉共赏落花。

第八封信　天使不出现，魔鬼不退场

故事行业是特殊行业，首先是作品，其次才是产品；首先是文化属性，其次才是商业属性。

大家都知道“双十一”意味着什么。我查了一下，2014 年阿里公布的“双十一”一天的淘宝成交额是 571 亿元。2014 年中国电影总票房是 296 亿，电视剧的交易额是 100 亿。电影电视剧加起来，满打满算是 400 亿。中国影视人忙活一年，不如阿里这一天。我这么比较不是经济学上的比较。我想说的是，阿里这样一个体量的公司，不光自己成立了影业，还控股了很多家影业，几乎是买了中国影视的半壁江山。不光是阿里，还有腾讯，一口气开了好几家公司，要将中国影视一网打尽的意思。除此之外，各种热钱，像飞蛾扑火一样，不要命地进来了。我并非说资本不好，而是说这些资本到底只想在故事行业里继续钱生钱，还是有自己的文化追求。因为故事行业是特殊行业，首先是作品，其次才是产品；首先是文化属性，其次才是商业属性。

自从中国影视界发明了 IP 概念，这个概念人人都在谈，人人也都有各自的理解。其实 IP 无非就是一个对资源的持续使用或开发。目前的所谓大 IP，有很多是过度炒作或掠夺性使用。股市叫做空，大 IP 可称为“空做”。就是把一个不具备应有价值的文本炒作成一个物超所值的产品。这对影视行业是极大的伤害，是竭泽而渔。

去年夏天我去厦门讲课，有天晚上在海边跟一个渔民聊天。他告诉我，中国的渔网，网结是全世界最密的。基本上中国的渔网所到之处，寸鱼不生。所以中国的江河湖海鱼已经不多了。我们看新闻能看到，我们的渔民经常跑到钓鱼岛，乃至出国去菲律宾、朝鲜、韩国那边打鱼。一方面确实也有勤劳、爱国的元素；另一方面，近海真的已经没有鱼了。年年有鱼原来是写实，以后真的就是年年有“余”，变成一个春节的祝福了。这些渔民最懂渔网跟鱼的道理，那个渔民就很痛恨渔网太密，但我看了看他的网，除了水，什么也漏不了。道理人人都能说，但却不会执行。

目前，我们的影视业还处在一个无序的过渡期。讲道理是行不通的，我觉得应该讲法律、讲规则、讲秩序。现在这些新兴的互联网公司，把影视资源整个篦了一遍。所以，现在中国有两张网令人恐惧：一是中国的渔网，所到之处，让你年年无鱼；二是中国的互联网，所到之处，焚琴煮鹤，饮鸩止渴。音乐行业被他们灭了很多年。故事行业现在也岌岌可危。

实际上，现在新兴资本用大 IP 概念把影视行业的水搅浑了，架空了编剧的地位，把编剧变成了一个纯粹的码字的环节。编剧必须发出声音，走一条不同的路。他们把水搅浑，我们负责把水加深，把故事行业变成深水区。

在深水区，就要讲规则。原来有些公司讲究船小好掉头，拍雷剧、神剧，在深水区船小好掉头就没用了，一个漩涡就把它打翻了。你拍雷剧，雷劈你；你拍神剧，神让雷劈你。一切就有规则了。也因此，有人开始造大船。但在深水区，即便你建造了泰坦尼克号也可能会沉，因为深水区里有冰山，一切都要照航线走才安全。等翻一批小船，再沉几艘大船，资本就会明白，得按照影视创作规律和生产规律来。用 IP 提升 GDP、用颜值代替价值，这是本末倒置。

原来编剧写完一个剧本，就转身去写下一个剧本了。现在编剧应该换一个打法，写完剧本以后，应该深情地跟其他工种说："请跟我来。"编剧最好能像美剧模式中那样，变成故事的核心。这样比较容易做出好剧。好剧多了，坏剧必败。天使不出现，魔鬼不退场。

盲目追逐大 IP 这阵风终究会散，但资本会找新的可以用资本控制的概念出来。这一点，要警惕。其实，在故事行业，最大的资本是故事。人类最早讲故事的时候，是在篝火边。篝火就是平台，柴火是资本。后来在大槐树下，再后来到了街头，进了茶馆，上了舞台，最后进了电波，进了电影院，进了电视台，进了网络。篝火、大槐树、茶馆、电视台、网络，都是一样的。无论平台如何变化，都跟最早那堆篝火、那棵大槐树没什么根本区别。

因此，我们这些讲故事的人，不要想着为平台和资本服务。我们是语言魔术师，是故事手艺人，如果说我们注定为什么服务，我们为心灵服务。我们是人类的心灵服务员。希望我们能讲出无愧于时代的好故事。

第九封信　最好与最坏的时代

现在我们的故事行业，遍地开满竹子花。

大 IP 这个词发明出来之前，影视界主要还是讲互联网思维和大数据。后来大 IP 一出，立即登基称王，其他概念要么俯首称臣，要么被打入冷宫。现在影视界的强盗主要用这个概念来抢。最近有一些不明真相的热心朋友来问，人家拿着真金白银，来到影视界，投资拍电影电视剧，怎么就是强盗了？怎么就是抢了？我一般都是让他们去看看王石的“万科保卫战”。即便是在纯粹的资本市场，钱和钱都还要拼命，还要白刀子进红刀子出，怎么到了我们这么一个生产价值观的伟大行业，反而有钱就是他大爷了呢？

作为一个讲故事的人，我还是先讲一个动物农场的小故事。这个小故事里有对各种声音的回答。

话说有一家动物农场欣欣向荣，老牛吃嫩草，走狗看大门，鸡在鸡窝里下蛋，大花猫负责在老板怀里卖萌，小白兔负责长纯洁的兔毛。大家相安无事，其乐陶陶。有一天一个推销员上门来，对老板说你这么大一个老板，竟然没有鼠辈思维。老板问什么叫鼠辈思维，推销员说，根据有史以来的农场大数据统计，96.886% 的农场，不是死于经营不善，或洪水地震等自然灾害，而是死在老鼠身上。有一只就会引来千万只。所以一个老板必须有鼠辈思维。农场老板说，那我这儿到底有没有老鼠呢？推销员说你买我的老鼠夹子试试不就知道了。老板觉得必须向时代看齐，就买了一个老鼠夹子试试。

小白兔首先感觉到了危险，它先去找大花猫，说猫妹妹，老板买了个老鼠夹子，晚上农场黑咕隆咚的，如果我们出来溜达，容易夹着我们这些动物协会的动物啊，尤其是我们这些小动物。老鼠是你的天敌，你跟老板说说你负责抓老鼠不就行了。大花猫说，讨厌，都“互联网 +”的时代了，你要链接一切，不要四处树敌，只有永远的利益，没有永远的天敌。说着伸出四只手，你看人家这指甲溜光水滑的，我怕老板玩儿我的时候伤着他，就去韩国喵星人整容医院修了；你再看看我的猫眼儿，装美瞳啦，现在闭上眼睛就是天黑，跟老板一个作息时间了。我已经不逮老鼠了，血哧呼啦的，不雅。最后大花猫觉得还是要指点一下小白兔，就说了句贴心话，说，兔哥哥，老板养着咱们，咱们跟紧老板就没有危险。

小白兔见大花猫不答应，只好转身去找走狗。走狗正在精神抖擞地巡逻。小白兔说，走狗哥，老板买了个老鼠夹子，我怕伤到咱们，大花猫要陪老板玩儿，没工夫抓耗子了，你能不能替大家伙儿去把耗子给抓了呀。走狗非常生气，说兔弟，你一向很乖，怎么不知道守规矩呢？老话儿说得好，狗拿耗子多管闲事。管闲事，落是非。老板要把我开了怎么办？现在找个活儿干容易吗！

小白兔叹息了一声，又去找鸡大姐。小白兔说，鸡大姐，老板买了个老鼠夹子，你知道吗？鸡大姐惊喜地说，是吗？好看吗？什么款式？什么时候打耗子？好想看啊好激动啊咱们农场太平静了也该出点事了。小白兔说，但是鸡大姐，晚上黑咕隆咚的容易伤着咱们，咱们应该联名跟老板说说，即使要下老鼠夹子，也得告诉咱们下在哪儿啊。鸡大姐说，兔宝宝，要相信老板。老板想怎么干就怎么干。这农场是他的，不需要你操心。而且，我们鸡夜里是不出门的。你懂的。

小白兔又转身去找动物农场最牛的牛大爷。等小白兔说完，牛大爷反刍了半天，说，小兔同志，我有三句话奉送你，一、打铁尚须自身硬。你如果够硬，你害怕一个老鼠夹子干吗？自身不够强大，不要找外部原因。二、作为一只兔子，你应该用兔毛说话。你到底给这个世界贡献了多少高质量的纯洁的保暖的兔毛？没有兔毛，你说个毛啊？你看看你牛大爷我，作为一头牛，我把自己修炼得很牛，浑身都是宝。我牛脾气上来，老板也让我三分。三、不要胡乱炒作自己。现在整个农场没有不知道你的。有毛用啊？好好回家产兔毛去吧。

这天夜里，老板在鸡窝里视察的时候，突然听到老鼠夹子“啪”的响了一下。老板大喜，来不及找手电筒，伸手去拿老鼠夹子，但老鼠夹子夹着的是一条毒蛇，毒蛇咬了老板一口。老板被送进医院抢救。

医生跟老板说，你的身体需要大补。老板就让人把鸡宰了，喝鸡汤。医院医疗费用高，老板没钱了，又把牛大爷卖给了屠宰场。走狗一看老板不行了，就跳了槽，去了另一家农场。大花猫没有老板供猫粮，成了流浪猫。老板中毒太深，最终没抢救过来，死了。临死之前，他打通了推销员的电话：你告诉我，你那大数据是真的吗？推销员说：哥，你不很快就见到上帝了吗，你问他吧，只有他老人家知道真假。

至于那只小白兔，下落不明。农场荒芜了，老鼠从地洞里钻了出来，发现农场是它们的天下了，欢欣鼓舞，向全世界宣布：鼠辈时代来临了。鼠辈总是鼠目寸光。它们以为农场就是全世界。就像现在很多人以为互联网就是全世界一样。

故事讲完了，请影视界的朋友们对号入座，看看你是这动物农场里的哪一位。若有雷同，绝非巧合。

在利益面前，一切是非正义都不存在。大家都只有利益，没有立场了，都屁股决定脑袋了。或者也可以这么说，这是产业最好的时候，却变成了行业最差的时候。很多电视台非 IP 不买，很多影视公司非 IP 不做，抄袭横行，天雷滚滚。开水浇灌，竹子开花。目前影视界这些钱不是源头的活水，而是滚烫的开水。浇灌出的花是竹子花。要知道，竹子开花以后就要死了。现在我们的故事行业，遍地开满竹子花。

最后分享诺贝尔文学奖获得者阿列克谢耶维奇获奖演说中的一段话：

> 当我走在街上，词语、句子、感叹就向我涌来。我想，多少故事都遗失在时间中。说实话，我并不是一直有

走下去的力量，很多次，人让我震惊和恐惧。我体会过狂喜和厌恶，曾想忘记听到的东西，回到无知的状态。然而，很多次，我也因人的美好喜极而泣。

第十封信　影视需要“独裁”

影视业是个势利的行业，看的都是结果。都想摘桃子，却没人想栽桃树。可是桃子是不会自己上树的，必须得有人栽。

我经常说，社会需要民主，但影视需要“独裁”。就是需要有一个人能拍板。一个公司或一个团队如果没有这么一个独裁者，很难成功。2015 年是侯鸿亮年，他有五部作品播出，一下子红了。要知道，影视行业里，在编剧、导演、演员、制片人等几个核心工种中，最难红的就是制片人。制片人在影视行业里红的难度跟诗人在文学行业里红的难度差不多。咱就说改革开放以后，第一个红的诗人是席慕蓉，席慕蓉之后，是汪国真，汪国真之后是海子，海子之后是余秀华。几十年就红了这么四个诗人。下一次要再红一个诗人我估计还得等很长的时间。

制片人也差不多，在侯鸿亮之前比较有知名度的是于正。但于正老师走的是偏门，不能列正席。对抄袭，我们必须零容忍。再之前就大概是张纪中老师了。侯鸿亮老师和张纪中老师都是各自团队的灵魂人物，能把制作风格渗透进创作过程。张纪中老师我不熟悉，但侯鸿亮老师我比较熟悉，他就是他那个团队的定海神针。实际上，走到今天，老侯自己也是始料未及的 。因为影视业波诡云谲，老侯不过是老实本分拍戏而已，哪里想到过今天，连老家济宁方圆百里的父老乡亲都知道了自己的大名。兰晓龙的《生死线》，剧本当时一直在业内流传，但没有人拍，老侯喜欢，便想尽办法拍了这戏，这也是他们团队的发轫之作。陈道明老师曾对我有过教诲，说什么是演员代表作，就是说演员饰演的这个角色换个人就不行，无可替代，这叫演员代表作。那么以此类推，什么叫定海神针呢？就是说如果没有这个人，世上可能就没有这部作品了。老侯制作的很多作品，跟老侯都是这个关系。现在的行业，有些人能力、动力、财力都有，就是缺这个定力。

在我了解的中国影视行业里，都在说自己想拍有质量的作品，想拍能留下来的作品，但很多人都是说一套做一套，老侯他们跟影视剧的关系是明明白白我的心，真心实意过一生，干的是笨活儿，挣的是辛苦钱。现在都在争抢他的《琅琊榜 2》，但其实《琅琊榜》卖了两三年才卖出去。他们制作的刘和平老师编剧的《北平无战事》发行时也是一波三折。影视业是个势利的行业，看的都是结果。都想摘桃子，却没人想栽桃树。可是桃子是不会自己上树的，必须得有人栽。年前我跟老侯喝酒，老侯说其实他们的作品，从来都没有发行顺利的情况。我估计现在好了，老侯红了，他们以后的发行情况应该会好很多。用当下大 IP 界的黑话来讲，侯鸿亮是大 IP 了。现在每天来找侯鸿亮要求合作的基金、资金、真金络绎不绝。

现在资本把大 IP 的价格提上去了，但对于如何把大 IP 转化为剧本并没有良策。这里边的原因很复杂，但主要原因是没有那么多职业编剧。我们现在的影视业，增速太快。生产关系和生产力根本不能匹配。一个职业编剧从入行到成熟，至少需要十年时间。其他工种也一样，都需要一段成熟的时间。现在影视剧组里边的灯光师傅大都是来自河南的农民朋友们，河南出了很多灯光村。美术道具好多都是搞装修的家装行业的朋友们。昨天还在毛坯房里刮腻子，今天就在片场的皇宫里帮着搞选妃大典。全民都在搞影视，像是一场浩大的运动。就跟 20 世纪 50 年代那次全民写诗一样。编剧不够使，现在媒体记者朋友们好多都转行来写剧本了。有些网红也来插一脚。郭美美在被抓进去之前，就是在家里搞剧本。如果郭美美不被抓的话，她写的剧本应该也是大 IP。分享一条易凯资本的 CEO 王冉发的微博："一些 IP、网络版权、导演、演员、影视公司的价码已经让我们这些最擅长帮内容产业忽悠资本的人都觉得有点挂不住了。如果不是因为不方便写，我想我 2016 年第一篇文章的题目应该叫'大泡沫'吧。"资本内部也终于有人看不下去这闹剧了。

有些人想当导演，他会想着到电影学院进修一下，或者到剧组实习一下；想当演员，也会找专业院校学习；想当制片人，会进剧组从制片干起；唯独当编剧这事儿，人人都觉得自己能干。这本来是门槛最高的一个工种，现在变成最低了。对于观众来说，如果一部戏特别好看，他会移情到演员身上，其次会觉得导演牛，绝不会想到编剧，但如果是戏特别不好看，他马上就意识到了编剧的存在，他会绕过演员和导演，直接临门一脚，说这什么傻子编剧啊。

对这事我本来一直想不通，后来我有一次翻电影史的时候突然明白了，1895 年，在巴黎的电影诞生现场，有导演，有摄影师，有观众，有放映场所，有演员，唯独没有编剧。也就是说，编剧不是电影帝国的开国元老。这尴尬的地位也就可想而知了。

虽然我唱衰当下的电影编剧行当，但我也相信人心向前，电影这么火热，电影编剧总会有繁荣昌盛的一天。这一天的到来，有赖于良好的文化秩序的形成。我们不那么急功近利的时候，就会有源远流长，我们不那么利令智昏的时候，就会有百花齐放。

第十一封信　生活不止诗和远方，还有甲方乙方

你让我埋头写作，我偏要仰望星空。

总有人认为编剧必须坐在家里埋头写剧本，我觉得这是极端资本主义亡我之心不死。你让我埋头写作，我偏要仰望星空。一个埋头劳作的民族是没有希望的。一个埋头地球的人类是没有希望的。霍金老师正布局去另一个星系的事儿，这非常好，我代表银河系和戏文系向他表示衷心的感谢。海子说，你来人间一趟，你要看看太阳。我们不能老低着头。

余飞老师在很多场合讲过一件事情。某著名编剧，勤劳勇敢，耐得住寂寞，天天在家里埋头写作，两耳不闻窗外事，一心只写电视剧，从不关心云起云落沧海桑田。在跟他同等条件

的编剧都拿到十五万一集的时候，他给某制片人报了一个五万的数字。该制片人乐到心梗，装了几个支架，险些闹出人命。要高价会让人心疼，要低价会让人心梗。编剧朋友们，写剧本要人钱就可以了，别要人命。

资本用 IP 概念重新制定了影视业的游戏规则，我也一直想找个词来概括当下这个时代，找来找去找不到，我的好朋友刘震云老师告诫我说，当你对世界的大小、多少、长短、高低失去了概念的时候，你应该回望似水流年，回到你出发的地方去看看。我出发的地方是哪里呢？一个偏僻的小山村。世界那么大，我有些头晕，但我把脑子往小山村一放，豁然开朗，全想明白了。我们是一个什么时代呢？暴发户时代。

记得那时年纪小，我们村有两家暴发户。

一家住村子东头，是收破烂的。他们家收破烂发了家。这家人的特点是什么呢？胳膊上都戴着套袖，手里永远捏着一个什么东西，可能是一个破酒瓶子，也可能是一块破纸壳箱子。所以我们村东头的人，胳膊上都爱戴一个套袖，手里也往往都捏着个破酒瓶子或破纸壳箱子，捡到了好给收破烂那家送去。

还有一家在村西头，是杀猪的。他们家搞屠宰发了家。这家人的特点是什么呢？嘴唇永远油光锃亮，膝盖上打着厚厚的补丁。为什么要打厚厚的补丁呢？因为这家人最早买了摩托车，每天一早出发去赶集卖猪肉的时候，怕冷，膝盖上就打上厚补丁。那时候护膝还没有流行到我们村。所以我们村西头的人，膝盖上都爱打上块补丁。虽然家里并没有摩托车，但有钱人觉得膝盖冷，他也觉得膝盖冷。看来膝盖真是块贱骨头。

我们家住村中央，所以我特别想戴一副套袖，膝盖上再打上一块补丁。但这两个梦想一直都没有实现。我娘说，如果给你做一副套袖，就没有布打补丁了，所以补丁不能打；如果给你打补丁呢，就没有布做套袖了，所以套袖也不能做。我当时没算过账来，不知道我娘最后把那块布干吗用了。反正最后我膝盖上没补丁，胳膊上无套袖，在自卑中度过了没有补丁和套袖的童年。当然，现在我非常感谢我娘，因为戴着套袖打着补丁太 low 了。这个画面可以脑补。

后来我们村这两家暴发户结了亲家。搞屠宰家的嘴上永远油光锃亮的胖闺女嫁给了收破烂家的认为不管什么玩意儿捡到手里就是宝的愣小子。这两家暴发户在漫长的年代里统治着我们村的审美。我们非常 low 却浑然不知，以为那就叫有范儿。就跟今天的影视界一样，也是被俩暴发户给统治了审美。

跟我们村一样，一家收破烂的叫互联网，戴着大数据的套袖，手里永远捏着一个破 IP，现在不捏个破 IP 都不敢拍戏了，一拍怕被板砖拍死。另一家搞屠宰的暴发户叫资本。两家也结成了亲家，全称叫互联网资本。一个提供平台，一个提供屠刀，将好作品屠杀得干干净净。企业界好歹还有老干妈和华为这两家坚持不上市的典范公司，但在影视界，只有上不了市的公司，没有不想上市的公司。由此带来的后果就是假收视率、假票房、真水军，以及一群热锅上的影视工作者。非常惊悚地说，现在你抬眼一望，影视界遍布着犯罪嫌疑人。长此以往，谁都难逃原罪。

原来在影视界，所有矛盾都是人民内部矛盾，是创作环节之间的矛盾；现在是外部矛盾，是审慎地创作与扩张的资本之间的矛盾。创作跟着资本走，去的必然是屠宰场。资本跟着创作走，才有可能摆脱眼前的苟且，抵达诗和远方的田野。

当然，对于我们故事作者来说，生活不止诗和远方，还有甲方乙方。前几天，有个甲方跟我说，我们有一套大数据系统，现在我们想知道你正在做的这个故事的目标观众群是哪一类人，我们好给你评估。我说我写的故事，目标观众群是而且永远是全人类。你是甲方，但我认为你已经变成了真假的那个假的假方，我是乙方，但我想的是甲天下。这是我作为乙方跟甲方的根本分歧。

其实我们编剧，跟导演、演员、制片人、影视投资人并不是一个行业，他们那个行业叫影视行业，我们编剧从事的这个行业叫故事行业。他们靠的是电，我们靠的是心。没有电，就没有电影电视了，他们就干别的去了。但是没有电，我们还可以坐在高高的谷堆旁边，听妈妈讲那过去的故事；我们也可以在村头的大槐树下，听白胡子老头给我们讲沧海桑田的故事；我们还可以坐在田间地头坐在茶馆酒楼，听说书先生讲那些过了几个世纪永远也不翻篇儿的故事；或者三五知己燃一堆篝火，听有故事的人说说他的故事。我们就是那妈妈，就是那白胡子老头，就是那说书先生，就是那个有故事的人。我们在，故事在。但使龙城飞将在，不教胡马度阴山。

第十二封信　剧本种子与IP死穴

剧本，就是我们影视行业的种子。在影视行业，没有任何一样东西比剧本更重要。在影视行业，剧本就是根本；剧本，就是资本。

剧本，就是我们影视行业的种子。在影视行业，没有任何一样东西比剧本更重要。在影视行业，剧本就是根本；剧本，就是资本。所以，我不断地强调剧作中心制。

剧作中心制是什么？判断一个东西首先你要判断它不是什么。我们看看剧作中心制不是什么。一、剧作中心制不是编剧中心制。因为不是每一个编剧都有做中心的能力。而且引导剧本完成的，也并非全都是编剧，有的时候是制作人，有的时候是导演，还有的时候是演员（虽然这种情况极少，而且反面例子居多，但我们不能否认这种可能性）。英雄不问出处，剧本也不问出处，剧作中心制的核心意义是，大家以剧本为根本，以剧本为依据，展开各环节的工作。在影视行业，剧本高于一切，剧本是影视行业的基本法。必须认识和确立到这个高度。二、剧作中心制不是内容中心制。内容是一个非常模糊的概念，就我们影视行业来说，剧本是内容；导演工作也是内容；推拉摇移升降甩，都是内容；表演也是内容，而且表演是非常非常重要的内容，从某种程度上说，观众一直认为，表演即内容；美术、录音、服装、化妆、道具也都是内容。所以，提内容中心制，就是眉毛胡子一把抓，没抓住重点。我们必须认识到，剧本是内容中的内容，导演、表演、服装、化妆、道具这些内容，叫衍生内容，从哪儿衍生出来的呢？剧本。所以，正本清源，一生二,二生三,三生万物。剧本是那个本，是那个一。我们都知道，知易行难。提出了剧作中心制，怎么推行呢？从导演那儿能推行吗？不能。从制片人和演员那里能推行吗？不能。为什么呢？因为屁股决定脑袋。那怎么办呢？编剧来办。他们用屁股决定脑袋，我们就用脑袋决定他们的屁股。剧作中心制能而且只能从我们编剧本身做起。但同时我们大家也要注意，从编剧开始来推行，做样板房，开试验田，但不是说，这个剧作中心制只能由编剧来推行，更不能在推行的过程中扭曲为编剧中心制。编剧中心制，是要不得的。

好在我们也不是完全抓瞎。有两个非常成功的范本摆在我们的面前。一个是美剧。都说美剧是编剧中心制，错！美剧是非常典型的剧作中心制。首先做出一个剧本，剧本被认可后，开始进入生产模式。这样的模式，你不跟着剧本走是不可能的。当然，我们也应该注意到，在美剧的模式里，核心掌舵人一般是编剧兼制作人或制作人兼编剧。这个非常科学。咱们现在逐渐也有这样的概念出现了，像王丽萍，就是编剧兼制作人。但有一点，如果不是先认可剧本，再进入生产，这样的模式不能从根本上改变局面。所以，王丽萍老师的模式，是编剧中心制，还不是剧作中心制。还有一个例子就是汪海林。海林有一部戏叫《爱国者》。在《爱国者》里，海林是编剧兼出品人。这步子又大了。这连编剧中心制都不是了，海林变成老板了。忍看朋辈成老板，长使英雄泪满襟。

另一个成功的范本是电影频道。其实在中国，真正搞剧作中心制的，就是电影频道。我跟汪海林都给电影频道写过电视电影，我写过六部电视电影。当时，要经过三审程序。每个程序都很严格，都有责编和文学编辑把关。最后三审通过的剧本，已经变成了一个资本。一部电视电影，最核心的就是剧本。其他工作都是在剧本上衍生。我写出的最好的剧本

《飞》，就是由电影频道制作的。当时，一部电视电影，投资不到百万元，但是编剧可以拿到十万元左右，这真正地体现了剧本的价值。我曾跟海林聊过，电影频道抓剧本的经验和程序，我们应该把它推行到全行业，只有这样，才能把剧作中心制落到实处。

我想跟青年编剧同人说的是，对于我们编剧来说，如果你想更好地推广剧作中心制，那就得把自己变成一个明星编剧。有明星导演，有明星演员，也应该有明星编剧。越多越好。明星的意思，不是说名利，而是说有这样的编剧，能够强有力地推广对全行业有利的概念，同时也能有力地维护编剧权益。大家应该也都知道，我们编剧的收入从几千块钱一集提高到一万块钱一集是谁带领的？是王朔。王朔在当年就是一个明星编剧。这几十年来，我们偶尔也有明星编剧，但还是不够多。希望有更多的编剧同行站出来，担当更多的职责。不想站出来的编剧同行，我也理解，你就埋头写你的剧本，我们会搬开压在你头上的石头。不需你感谢，但是请你也不要在背后冷言冷语讽刺和谩骂我们。你走你的独木桥，我们给你连上阳关道。

与剧本相对的概念是 IP。因为无节制地使用和利用大 IP 这个伪概念，一批处于当打之年的专业和职业编剧失去了创作的阵地；一批处于当打之年的骨干演员失去了表演的机会；一批处于当打之年的导演失了手。在大 IP 和小鲜肉这样一定会失手的事情上失手，在我看来，这叫失足。我们看到，一些导演晚节不保，一些导演一脚踩空；我们同时也看到，我们大量的观众对本土的影视作品失去了信心和兴趣，他们去追韩剧、追美剧、追日剧；我们更看到，印度电影在我们的市场上予取予夺；我们还看到，大量的影视公司和平台开始从美国、欧洲、印度甚至泰国买版权改编。一句话，我们失去了创作的土壤和能力。王兴东一再强调，剧作是影视行业的芯片。但是这个芯片，这几年却被大量的业余人士和业外人士把持着。于是，我们看到了大量无效的叙事、蹩脚的台词和架空的情节。

从 2014 年 IP 这个概念出现，短短的几年间，我们毁掉了一批编剧，毁掉了一代演员，赶走了大量观众，目前即便是留在现场的观众也都开始两倍速甚至四倍速看剧——实际上就是用快进看剧。我认为，这是非常严重的审美事故，这是无法挽回的巨大损失。人心是一个美丽又危险的领域，天使不在，魔鬼即来。我想，多年以后再回首，大 IP 的这几年会是个苦涩的笑话，所有人都在失去，但竟然没有人在意。对创作者来说，没有比这更悲哀的事情了。

从 2017 年开始，我们的创作者开始夺回了一些阵地。首先是电视剧《人民的名义》。《人民的名义》作为一部现实主义力作，在全社会引起了强烈的反响。在《人民的名义》中，没有大 IP，也没有小鲜肉，是由一批会演戏的演员来表演的。出乎所有人意料的是，这部作品不仅吸引了中老年观众，还吸引了社会上大量的年轻观众，中年戏骨吴刚成了年轻人的偶像。而更出乎所有人意料的是，在这部作品创作之初，周梅森和李路那条为了吸引年轻人而设置的年轻人的故事线索，反而是这部剧集中最不受欢迎的部分。这铁一般的事实证明，迎合不如引领。2017 年，电影《战狼 2》爆红，拿下了五十多亿的票房，2018 年春节档的《红海行动》《唐人街探案 2》，各自都取得了三十亿以上的票房，在刚刚结束的暑期档，《我不是药神》以其对现实的精准观察和剖析，拿到了三十多亿的票房。我之所以提票房，是因为在每一张电影票背后，都站着一位观众，并不是单纯指钱。王兴东说，电影是用脚写出来的。我们的观众会用心去投票。在我刚才提到的这些作品里，没有一部是大 IP，全部是原创。这体现了原创的力量。虽然这还不能说明我们夺回了原创的阵地，但这是一个好的开始。中国影视行业改编了很多日本作品。日本的《麻烦家族》《深夜食堂》《嫌疑人 X 的献身》《追捕》等都被改编过来了。我多次提醒和告诫中国影视工作者，四面环海的岛国故事不能改编为广袤大陆的故事。故事有三性：一、普遍意义上的人性和主题的真理性；二、独特的和逻辑自洽的地理性；三、地理性养育而成的族群心理性。只有三性统一，才能保证故事不会成为事故。我苦口婆心说了好几年，奈何知音少，弦断无人听。

2017 年 5 月，我参加了中日两国剧作家论坛，日本来了十位一线编剧，包括《深夜食堂》和《东京女子图鉴》的编剧，他们带来了一个问题和一声叹息。这些日本编剧见到中国的编剧时，都迫不及待地先问一个问题：什么是 IP ？日本影视界根本不知 IP 为何物，不但日本人不知道，其实欧美影视界的同志们同样不知道，非常的无知。但我国的 IP 推手一直信誓旦旦地说，IP 是从国外传进来的先进概念。然后日本编剧们还带来了一声叹息，说中国人太猛了，以“迅雷不及掩耳盗铃”之势短时间内把日本故事抢购一空，他们竟然没来得及涨价。

还有人说 IP 怎么会不好呢？四大名著不都是 IP 吗？对于 IP 推手来说，四大名著不是。那么，什么叫 IP 呢？就是一部作品的作者还活着，或者虽然死了但没有超过五十年，那么这部作品才有可能被称为IP，因为它可以进行有价转让。著作权的规定是一个作者死了五十年以上，他的作品就变成了人类的共同财富。举一个简单的例子，老舍先生的作品在2016年8月24日以前还有可能被中国影视界的IP推手们当成IP，但在此之后，就不能了。因为老舍先生从那天之后就去世满五十年了，他的作品已经进入了人类共同财富领域。也叫公版领域。其实我说得太啰唆了，简单一句话，IP就是能不能卖钱。你拿着《红楼梦》卖给谁？不过我还真见过一位制片人，他宣称自己有《山海经》的版权，谁拍就要告谁。他的版权期可能是五千年。接下来还有两千来年，看他怎么度过这茫茫岁月吧。

这几年，我跟汪海林、余飞、谭飞、李星文等影视界同人一直在探寻复兴影视行业的答案。从对大IP和小鲜肉的批判到对假收视率和假数据的鞭挞，再到对行业自律和行业某些领域立法的呼吁，我们逐渐接近了准确的答案，我们认为，这就是答案。这两个答案，一个是剧作中心制，一个是新现实主义冲击波。

当我们向社会公布这两个答案的时候，引发了一些理解上的偏差。很多人认为，我们提出的剧作中心制是编剧中心制。剧作不等于编剧，剧作有时候等于编剧，有时候小于编剧，有时候大于编剧。剧作，是一部剧集或一部电影的基本法，这个基本法并不是编剧一家独大。我在西宁影展采访了《我不是药神》的导演文牧野，文牧野告诉我，《我不是药神》的剧本定稿以后，在拍摄中，除了因为场景的个别变动带来的剧本修改以外，剧本是绝对不改的。这就是剧作中心制。一言以蔽之，剧作中心制，就是以遵循创作规律为中心展开后续的制作过程。我们之所以在提出剧作中心制的同时提出新现实主义冲击波，是因为剧作中心制是方法论，新现实主义冲击波是世界观。这几年，我们看到了很多悬浮架空的作品，我们需要回到现实主义，需要回到生活的现场。新现实主义的“新”指的是创新，是迎新，至于现实主义，它不是一种题材，而是一种创作态度。创作现实题材的作品，需要现实主义的态度和手法，创作历史剧、科幻剧乃至偶像剧、恐怖剧，都需要现实主义的世界观。

我在西宁影展，看见了剧作中心制和新现实主义的生命力。陆庆屹导演用一千五百块钱拍了一部电影，叫《四个春天》，这部电影必将成为中国电影的一部现实主义杰作。这个影展有着不凡的现实主义态度，走出了文牧野、忻钰坤等新生代导演。

我参加威尼斯电影节的时候，跟海林挑选了一家威尼斯非常著名的家族经营的米其林一星餐厅，第二天一早，当地人告诉我们，这家米其林一星餐厅刚刚被降级为米其林推荐，不再是一星餐厅了。我们问为什么，当地人说，因为这家餐厅的经营方式非常灵活，他们经常会为了照顾全世界各地的游客而略微调整自己的口味。而真正的米其林餐厅，它的菜品必须是独立并坚定不移的。为顾客的口味而调整自己的口味固然可以赢得商业上的成功，但是失去了美食的精髓。当听到当地人这么介绍以后，汪海林思考了很久，然后非常感慨地跟我说，这个米其林一星餐厅降级的案例非常值得深思。迎合观众，也许会获得一定的商业回报；一味迎合观众，一定会适得其反。创作者跟观众的关系是平等的，品质来自追求，来自坚持，来自独立。

意大利电影《完美陌生人》的导演保罗参加了中意电影人论坛，其间有中国观众向他提问，在中国拍电影，要考虑小镇青年的口味，对保罗来说，他拍电影，是否会考虑观众的口味？保罗的回答非常精彩，他说，对电影人来说，当然希望自己的电影得到更多观众的喜爱和观看，从某种意义上来说，导演是为观众拍电影的，但是导演永远不应该为特定观众拍电影。

在世界影视行业来说，大家都是细分作品类型，只有到了我们这儿，我们喜欢划分观众类型：男观众、女观众、小镇青年观众、白领观众、长江以南的观众、长江以北的观众、“90后”观众、“00后”观众。我们从来没有去想，大家都是一样的人，都拥有一样垂直的人性，我们生活在地球的各个角落，之所以能够共守这一片文明，之所以大家都喜欢莎士比亚，都喜欢黑泽明，都喜欢那一方神奇的银幕，是因为我们都是一样的人。我们拥有不同的表征，但我们的内心息息相通。我们中国人喜欢意大利电影《西西里的美丽传说》，意大利人也喜欢中国电影《霸王别姬》，意大利人贝托鲁齐喜欢中国末代皇帝这个人物，所以一个意大利人拍出了至今最为中国人认可的《末代皇帝》。一切都不一样，一切又都一样，只要你敢于诚实地面对艺术和自我。

在威尼斯电影节期间的一个傍晚，我跟海林走到了威尼斯电影节的主会场电影宫旁边，在电影宫旁边，是一座叫“赌场”的建筑。海林非常感慨地说，为什么要在电影宫旁边盖这么一座叫“赌场”的建筑呢？因为自从到了威尼斯，海林就一直在指导和引领我，我觉得也必须展示一下自己的才华，以免被海林看不起。我就说，这是威尼斯电影节送给全世界电影人的礼物，那就是，以这两座比肩站立的建筑告诉大家，电影，就是一场赌博。但这场赌博，不是电影人之间的赌博，也不是电影人和观众之间的赌博，更不是电影人和电影节之间的赌博，而是电影人和时间的赌博。你能不能赢，在于你的电影能不能留在时间的长河里。

02

故事手艺人

第十三封信　编剧的时间流水账

编剧要合理分配自己的时间，自己的体力，要知道一生的总量，然后去分配自己的变量。

对编剧来说，日子特别不禁混。有个成语叫度日如年，这个词在编剧身上从来没有实现过，我们是度年如日。这一年下来我一个剧本都还没写完。所以想说的第一个话题就是关于编剧的时间分配。

一般其他的影视工种是按天过的。一个导演拍戏，是有周期表的，哪天筹备，哪天开机，哪天关机。对于演员来说，哪天进组，哪天杀青，即便有拖延，也会有一个新的日期表，然后在这拖延的日子里，还会有片酬产生。对于美术、制片、摄影来说，就更具体了，有始有终。但编剧的日子不是按天过的，是按年过。一个编剧写一部三十集的剧本，大概需要一年；如果顺利拍摄，再到播出，还需要一年到一年半左右。刘和平老师的《北平无战事》用了七年时间，我有部戏叫《决胜》，是由阎建钢导演的一部抗战剧，前后用了八年时间，正是抗战的时间。这还不是最长的，最长的是刘震云老师的《一九四二》，从写剧本到上映，是十九年时间。

我有时候特别羡慕音乐人。音乐人的时间是按秒算的。一首歌三到五分钟，只要好听，很快就可以传唱。如果走红了，只要他自己不觉得恶心，就可以唱二三十年。在北上广这样的一线城市唱不动了，可以到二三线、四五线城市去唱。中国人口多的好处就这么显现出来了。《老鼠爱大米》《两只蝴蝶》什么的，现在到我们县去唱，肯定比邓紫棋老师火。所以在中国当歌手是最幸福的。现在一批过气歌手通过综艺平台又“复活”了，这又能再续上十年的商演。我深深地羡慕他们，因为影视编剧没有躺在功劳簿上一劳永逸的机会。

当然，影视编剧的时间也不是最悲催的，最悲催的是画家。我们按年过，画家是按辈子过的，这辈子能红就算烧高香了。像凡·高老师，是死了以后红的。自古以来，各职业中，画家多长寿，这是因为画家很早就知道自己的宿命：画得好与不好，都必须等待，漫长的等待。活不长就不会成功。越早明白自己宿命的人，越容易长寿。所以，艺术家中，诗人很容易夭折，尤其是天才诗人，因为他不太愿意顺应天命。像海子老师、顾城老师，都还是没有远去的例子。2012 年，莫言老师获得了诺贝尔文学奖，中国很多作家听说这个消息以后，扭头就进了健身馆，都开始锻炼身体了。因为对于咱们这样一个人口大国文学小国，从概率上来说，一个作家获得了诺贝尔，下一个获奖作家至少要等十几年乃至更长，身体不好根本没可能。诺贝尔奖只颁给活着的人。好多作家已经做好了打持久战的准备。我深深地祝福他们。

作家、画家可以任性一些，用时间寻找潜在的读者和观众；我们影视剧编剧不行，我们必须立刻赢得观众，否则生存就是问题。编剧的时间是按年算的，那么可以算一算，一个编剧一生当中能写多少作品呢？编剧不是早熟的职业，一般来说，一个编剧要在三十岁左右才能独立写出成熟的作品。偶尔的天才不是没有，但暂时不讨论这些漏网之鱼。

有个电视剧编剧，叫张三。张三三十岁开始能写出成熟的作品，按照现在的客观环境与速度，假设他写一部三十集的电视剧用了一年半时间，到顺利拍摄播出了，又过去了一年半时间，那就是三年时间一部。十年三部，写到六十岁是多少呢？是九部作品。假设张三是个劳模，让他写到七十岁，再加三部，是十二部作品。也就是说，张三不间断写作，写的每部作品都被投拍了，他到七十岁能写十二部作品。再说电影编剧李四，李四从三十岁开始写电影剧本，别看字数少，操作起来速度并不比电视剧快。我们假设李四也是三年写一部，那么到七十岁，也是十二部。

根据这个数量对比一下现实。编剧兰晓龙老师，今年四十岁出头，有《士兵突击》《我的团长我的团》《生死线》《好家伙》四部作品。当然，在成熟期之前，兰晓龙老师还有一些联合署名的作品，大概都是写了几集的样子。刘和平老师，今年六十岁出头，有《李卫当官》《沧海百年》《大明王朝》《雍正王朝》《北平无战事》五部作品。再来找一个写得多的，高璇和任宝茹老师，他们是一对搭档，目前的作品是九部。平均下来每人是四部半。前述都是已经播出的作品，没有拍摄播出的不提。由此可见，一个人一生中写十二部电视剧还是比较难的。举的例子都是独立创作电视剧或长年搭档的，多人联合创作、多人接力创作的，不在此列。那些是产品，不是作品。

再看一下电影剧本的创作现实。电影编剧李樯老师是中戏 1988 级的，90 年代初毕业，到现在二十多年，创作了《立春》《孔雀》《姨妈的后现代生活》《致青春》《黄金时代》《没有别的爱》《放浪记》七部电影。李樯是中国电影编剧中成功率最高的编剧，他写过的作品全都拍了。编剧芦苇老师，今年六十六岁，在银幕上署名及联合署名的作品是九部。电影编剧中，王兴东老师的作品较多，他今年六十多岁，有二十多部作品。但王兴东老师还有一个强有力的搭档王浙滨老师。如果折算一下的话，王兴东老师的作品也是十几部。所以一个人一生中写成十二部电影剧本也是非常困难的。

算编剧的时间流水账，是因为时间是世界上最平等的东西，你可以拥有很多资源，但时间资源没有谁比谁更多。也就是说，如果你的才气、运气都还顺利，你将拥有十二到十五部作品。库布里克一生中所有的作品，包括短片加起来，是十六部。作品多的也有，伍迪·艾伦。他今年八十一岁，有四十多部。但伍迪·艾伦属于特殊情况，他本身还是一个演员，有很多资源，他自己就是一个 IP。在影视行业中，一个人自身是不是 IP 非常重要。对于单纯的编剧来说，一生中能写成十五部电视剧或者十五部电影，就是非常大的成功了。这么算账是想说，不要那么疲于奔命。一个编剧对自己要有非常好的职业规划。当你知道你只能写成十五部作品的时候，就不会浪费自己真正的好创意。

在生活中，经常有各种各样的人对我说，我有一个非常好的创意。我一般会跟他说，从概率上来说，你不会有一个非常好的创意。要知道，创意是非常难得的。创意是对世界的一次新的发现。即便你是天才，你也很难对世界有那么多新的发现。大家都公认，昆汀是个天才。昆汀今年五十三岁，大概拍了十五部作品。他现在想拍就有人投资，但他没有那么多创意。所以当有人说他有一个很好的创意的时候，基本可以证明这个人还处在业余状态。现在好多公司都说自己是创意基地、创意工厂，差点笑得我吐血。现在全世界的故事创意都出现了危机，都找不到好故事，他竟然还敢说自己是个创意工厂。这话莎士比亚都不敢说。所以编剧要沉下心来，善待你遇到的每一个好故事。

王朔老师说过一句很好的话，他说以前总以为前方有重要的事情，于是急急奔过去，后来却发现重要的事情都发生在过去。所以编剧要合理分配自己的时间、自己的体力，要知道一生的总量，然后去分配自己的变量。要珍惜每一次创作的机会。要知道哪些工作可以接，哪些工作不要接。比如，现在有一些影视公司，买了一堆所谓大 IP 作品，除了其中极个别的优秀作品，大部分一文不值。这时候，他们找你做编剧，你做还是不做呢？建议大家不要干这样的活儿。因为接过来肯定是重写，还担负着改编的原罪。当然如果你特别需要养家糊口，那建议你去接。生存大于艺术，一定要先生存下来。

第十四封信　著作权战争

没有好的创作环境，没有好的行业秩序，写得好你也不会有尊严。

一般来说，世界上有三种人：一、留恋昨天的人；二、享受今天的人；三、等待明天的人。但还有第四种人，这种人分析昨天，珍惜今天，关心明天。昨天、今天和明天构成了一个人的未来。这种人非常罕见，一般都会成为行业的翘楚、社会的精英，也就是人人羡慕的有成就的人。关心著作权法就是关心我们的明天，因为影视行业是我们的饭碗。

人类历史一再告诉我们，任何一项权利都需要斗争取得。编剧的权利也是如此。这并不是宣扬编剧绝对正确论，不是说编剧要凌驾于其他环节之上，而是说编剧作为相对重要的一个故事产业的环节，一再被挤压变形，这是影视行业一个危险的标志。前两年，有两场官司非常引人瞩目。一起是于正抄袭琼瑶案，一审判决于正败诉并赔偿琼瑶老师五百万元人民币。这个判决让整个行业松了一口气。另一起是关于《北平无战事》的官司，编剧刘和平老师创作早期曾经雇用的两位助手起诉刘和平侵权。法院一审判决驳回了这两位原告的诉讼请求，并判决他们承担诉讼费用。这场官司的胜利也让很多编剧长舒了一口气。

这两起官司意义重大。于正抄袭琼瑶案警示我们，在影视行业全面产业化的今天，影视界对题材、故事基本是竭泽而渔，在急功近利的环境中，在创作跟不上生产的时候，抄袭就会应运而生。当年郭敬明抄袭庄羽案留下了一个负面榜样，郭敬明赔钱但是拒不道歉，给很多抄袭者带来了咸鱼翻身的恶念。希望这次的于正抄袭琼瑶案能给抄袭者一个深刻的警示。《北平无战事》的案子，是另一种情况。刘和平老师采取自己口述，由助手打字的创作模式。这个模式可以解放体力，也可以带一带助手。助手像学徒一样，可以在给刘老师打字的过程中，看到一场戏的形成、修改与增减。这是一个极佳的学习途径。给刘老师当过助手的编剧很多，像卞智宏、吴楠、黄健、常青田、蒋丹等。这里面卞智宏和吴楠成名已久，黄健、蒋丹和常青田是在影视界打拼多年的资深编剧。这些不同背景不同资历的编剧都愿意跟刘老师一起工作，深入学习、探讨编剧艺术，本来可以成为编剧界的佳话。但起诉刘和平的这两位编剧的反戈一击，为业内互助式合作蒙上了阴影。好在法律维护了刘和平手艺的尊严。其实刘和平的戏剧线路独特、语言指纹清晰，其他人绝无可能写出或模仿。

我跟《北平无战事》的制片人侯鸿亮曾约了一块儿喝点茅台。这里插一句，侯鸿亮的茅台真的是真茅台，跟他合作有两点可以保证，一是能喝到真实的茅台，二是他能把你的作品拍成真实的作品。我称他为二真制片人。不是真二，是二真。重点在“真”上。那天喝酒的时候，侯鸿亮说，刘和平老师的作品这么老到独特，也许只有跟他同级别的高手起诉他，他才会半信半疑。我说，即便是同级别的高手，也写不出刘老师的作品。任何一个成熟的作者，必有自己独到的戏剧路径、语言密码，三五场戏一出手，风格性便呼之欲出。比如说，琼瑶老师的风格。琼瑶式台词经常是这样的：“我知道你爱他爱得好痛苦好痛苦好痛苦，我也知道他爱你爱得好痛苦好痛苦好痛苦。”琼瑶老师的台词经常是用叠句，尤其是痛苦啊，恨你啊，想你啊，一般要三次，甚至五六次以上，好想你好想你好想你，如果说一次行不行？不行。说一次就不是琼瑶了，说一次的一般是大陆的言情偶像剧编剧。所以琼瑶老师不准演员改台词，该说几句说几句。

我有次跟编剧汪海林老师聊天，我很好奇他能写出《一起来看流星雨》，就问他一些情况。他说《一起来看流星雨》第一部火了，拍第二部的时候，女一号开始觉得台词矫情了，想改，说有些台词肉麻说不出口，类似于“好讨厌好讨厌好讨厌”，她可能三遍只想说一遍，汪老师告诉我，三遍和一遍是不一样的，说一遍，是个事实，说三遍，肉麻就成了风格。当时我确实有醍醐灌顶的感觉，领悟到了影视剧和文学还是有很不一样的地方，文学一直在寻求天然，即便是雕琢出的天然，影视剧确实可以有精密设计。在此也感谢汪海林老师的指点。汪老师好棒好棒好棒。这么说话，感觉确实不一样。

所以这次刘和平老师官司的胜利，不光是法律的胜利，也是写作者手艺的胜利，是你的手艺使你跟其他人有了区别。当然，著作权纠纷不光这两例，还有很多，这说明大家对著作权更重视了，也启示大家要注意对自己的著作权进行保护。

在我刚入行的时候，我曾在心里跟自己说，一定要写得好，写得好你就会有尊严。相信很多作者跟我有相同的看法。

直到前几年我还这么认为。但越来越多的从业经历使我明白，如果没有好的创作环境，没有好的行业秩序，写得好你也不会有尊严。我认为，一个成熟的著作权法带给行业的是：一、写得好，赚得多，有尊严；二、写得不够好，赚得少，同样有尊严；三、写得不好，甚至很差，赚不到钱，你离开这个行业，依然有尊严。这人人都有的尊严，需要人人努力才可以做到。否则，我们这个行业就会变成黑暗的丛林法则，活的活得野蛮无耻，死的死得不明不白。希望我们能燃起篝火，走出丛林法则。

第十五封信 一个失败的电影编剧

编剧是一个艰苦的职业，靠毅力不行，靠天才也不行，靠金钱的诱惑更不行，只有热爱才能持久。

大概是2014年吧，北京电影节的时候，《三傻大闹宝莱坞》的编剧乔希先生来跟中国电影编剧做了一个圆桌对话，这是电影局组织的活动，也把我叫去了，去的都是类似于写《画皮》的冉平老师、写《唐山大地震》的苏小卫老师这样在电影方面有建树的编剧，或者是张宏森局长这样的资深人士，只有我一个非电影编剧。在此介绍一下，我自入行至今，从未写过任何一部进入院线的电影。所以我是非电影编剧。

当时我非常纳闷，我想电影圆桌对话，也轮不着我啊，而且还有很多类似的活动都在邀请我。人家都在讲自己写某某电影的心得体会，我总是很尴尬，不知道讲什么。在那天轮到我发言的时候，我突然一下想明白了，我跟《三傻大闹宝莱坞》的编剧乔希说，乔希先生，我虽然写过电影剧本，但是我是一个失败的电影编剧，有关方面让我今天来跟您对话的主要目的是让我讲述我在中国失败的经验。因为中国有句格言：失败是成功之母。

乔希先生非常高兴，说听你的说话方式你好像是一个喜剧编剧。我说我的确写了很多喜剧，但结果都拍成了悲剧。所以那天我讲的是失败的经验。现在我也想讲讲失败，希望我能够把失败的经验讲得成功一些。

在我刚入行写完第一部电影剧本《飞》的时候，志在拿云，我觉得生活刚刚开始。所以非常轻率地就把剧本给处理掉了，拍成了一个电视电影。起点决定终点，从此我就在电视电影的海洋里厮杀。写了有二十部左右的电视电影，拍出来的有十几部。编剧李樯是我的好朋友，有几次，他深夜给我打来电话，说吓死人了你到底写了多少啊，怎么电视里又在放你的作品。我说李樯老师，别的不敢说，从量上来说，即便我现在永远不写电影剧本了，你这辈子也赶不上我的量了。李樯老师对我旺盛的创作数量充满羡慕。因为他加上现在正在拍摄的跟赵薇合作的《没有别的爱》一共才六部半电影。那半部是跟吴宇森合作的短片《被遗忘的天使》。

有一位电影界的前辈，是谁我就不说了，从我的第一部《飞》开始，就非常喜欢我的作品，非常热心地扶持我，帮我张罗。第一部拍砸了，他觉得可能是其他原因，但接下来，他发现我的作品部部都拍砸。他有一次找我严肃地谈话，非常遗憾地说，方金，你的剧本我每次看了都很激动，都觉得拍出来会是一部好作品，但每次都拍砸了，一次两次，可以说是别人的原因，三次四次也可以说运气不好，但次次都不成说明什么呢，我觉得说明你的剧本可能只适合阅读，不适合拍摄。

我想了想，跟他说，我说您这是常理推测，听上去很有道理，逻辑也对，但实际原因恐怕并非如此。他说那你认为是什么原因呢？我说这可能是中国大部分电影导演的业务水平太低，目前还拍不了我的剧本。那位前辈大风大浪也是经过不少了，听了这话长时间无语，陷入了人生的困惑之中。十几年过去了，我早已经不写电影剧本了，不知道中国电影导演的水准提高了多少，解决了基本的电影语法问题没有。

我入行做编剧的这十几年，是影视业变化最激烈的十几年，我目睹着影视行业变成了影视产业；影视作品变成了影视产品；影视界从原来的慢工出细活，变成了现在的大干快干巧干猛干。但有一个不能忽视的客观事实，就是无论你多么想产业化、规模化、全球化、上市化，作为影视业的源头，编剧还是那些编剧，能够讲故事的人，还是那么多。因为讲故事的艺术，是时间的艺术，这不光是作品里的概念，也包括剧作家的真实人生。影视产业化，并不会让能讲故事的人产出化。

编剧是一个艰苦的职业，靠毅力不行，靠天才也不行，靠金钱的诱惑更不行，只有热爱才能持久。叙利亚诗人阿多尼斯有一句诗是这么写的：你的意义，在于你成为形式。希望编剧们都能讲出想讲的故事，成为想成为的人。莫愁前路无知已，天下谁人不识君。

第十六封信　个人化或雇佣兵

一部电影的编剧多少不是决定作品质量的根本，但是编剧越多说明这个故事越不结实。剧本创作绝不是一个人多力量大的事儿。

通过失败的电影创作经历，我明白了这么几个道理。

第一，电影在美学层面是而且永远是导演的。跟编剧有关系，但没有决定性关系。当然，这也并非绝对。因为李樯编剧的电影，跟他有决定性关系。世界上还有极个别的电影编剧，会把自己的风格带进电影里。比如，《美丽心灵的永恒阳光》的编剧查理·考夫曼；再比如，《百万美元宝贝》的编剧保罗·哈吉斯。但这样的编剧，大都是天才，可遇不可求。在华语电影编剧中，能把自己的风格基因般镶嵌在电影中的，除了李樯，我还想不出第二人。

第二，电影编剧大概分为两种，想自我实现的个人化编剧和替别人完成梦想的雇佣兵编剧，或两者兼有的编剧。第一类编剧目前不多，李檣老师，贾樟柯老师，蔡尚君老师，是个人化编剧的代表。贾樟柯和蔡尚君同时也是导演，但是在他们担当编剧身份的时候，他们是个人化表达，所以也列在这里边。《霸王别姬》的编剧芦苇老师是两者兼有。替别人完成梦想的编剧就比较多了，我认识的这一类编剧中，像周智勇，写过《疯狂的赛车》《决战刹马镇》《中国合伙人》，这都是替别人实现想法；还有最近两年刚崛起的董润年，写过《厨子·戏子·痞子》《老炮儿》《心花路放》，也主要是替别人建筑高楼大厦。最近几年，职业化程度比较高的是写《泰囧》《港囧》的束焕老师，他有清晰的类型片创作意识，有敏锐的市场嗅觉，深窥学院派的庙堂之高，又得市场派的江湖之远，可封电影制片人之友称号。也还有一些新生代电影编剧，像《绣春刀》的编剧陈舒，《亲爱的》《李娜》的编剧张冀，《三打白骨精》的编剧冉甲男等。这些新生力量给中国电影带来了新的气象。

原来在国产电影作品中，有一脉是主旋律电影，现在已经式微。主旋律电影编剧中，当之无愧的大拿是王兴东老师。王兴东老师的作品有《蒋筑英》《建国大业》《离开雷锋的日子》

《黄克功案件》等。其中《离开雷锋的日子》达到了非常罕见的高度，堪称影史杰作。至少在主旋律电影中，我想很难再有作品能达到那个艺术高度。他在公共性题材中找到了个人的艺术发现。伟大的电影都是不可复制的，必须独一无二。

还有一类编剧，不是职业性编剧，是客串。比如，王朔老师，邹静之老师，刘震云老师，刘恒老师，冉平老师，等等。这些虽然不是职业性编剧，但都是卓越的小说家、诗人。他们的作品，总体来说，比职业编剧的成活率更高。当然，其中刘恒、邹静之、冉平都已算是电影编剧的常客了，也可算职业编剧。

还有一些电视剧编剧，偶尔也会来客串电影编剧。比如高璇、任宝茹，写过《赵氏孤儿》和《触不可及》；吴楠、卞智弘，写过《满城尽带黄金甲》和《王朝的女人》。汪海林和王力扶在写电视剧之余，也经常冷不丁写个电影，《铜雀台》是汪海林的作品，王力扶写过《马背上的法庭》。有一位资深潜水员，叫刘毅，原来主要写电视剧，写过《少年包青天Ⅱ》《西游记》等，写了电影《战狼》之后，在搞潜水之余，现在也主要转战电影剧本了。《金婚》的编剧王宛平老师也客串过电影编剧，结果不是很理想。山东影视集团的赵冬苓老师是全能战士，电影电视剧风雨一肩挑，但主要以电视剧名世。六六写了一部电影剧本之后，马上宣布封笔，从此不再写电影剧本了。其中的原因我想应该就是电影的导演属性和编剧个人化实现之间的矛盾。

整体来说，电视剧编剧客串电影编剧，愉快指数不高。除了这个原因之外，很多电视剧编剧不愿意写电影还因为收入。现在中国电影编剧的整体收入太低。跟中国目前蒸蒸日上的电影市场非常不匹配。目前最高的一个电影剧本的收入大概是七百万元左右，算是孤品。其余的剧本，高一点的也就是在三四百万元，这还是比较少见的。比较知名成熟的编剧能拿到一两百万元，更多的是在几十万元的区间内。电视剧因为体量大，动辄就四五十集，甚至上百集的都有，所以它的收入相对高一些。而且因为电视剧很长，即便有人想改剧本也比较困难，所以能相对容易保持作者风格。

现在的电影编剧中，港台编剧也占了相当大的比重。比较典型的如张家鲁。从《天下无贼》开始，他一直跟大陆的团队有合作，不过最新的《寻龙诀》编剧署名只有张家鲁一个人，这是比较罕见的情况。中国电影现在的编剧署名越来越多，十来个的也有，五六个的常见，只有一个的不多见。

第三，一部电影的编剧多少不是决定作品质量的根本，但是编剧越多说明这个故事越不结实。剧本创作绝不是一个人多力量大的事儿。一直说美国的编剧是团队合作，说有人写台词，有人写情节，有人写细节，这根本就是以讹传讹，用脚趾头想想就不可能。他们的剧本完成以后，的确可能会找擅写台词的编剧调整一下，但这基本不会给署名的，不到一定的工作量，编剧是没有署名的。它有一个准确的评估系统。咱们这儿是看心情，给编剧署名有点儿赐座的意思。

第十七封信　故事，而不是小说

编剧首先要摆脱掉对语言的依赖，
不是说不要语言，而是不要依赖语言。

作家和编剧的一些简单的区别可以从一些最初的概念讲起，比如说什么是故事。

所谓故事，“故”就是过去，“事”就是事情或事件，故事就是指“过去的事情或事件”。一个民族，对事物的最初理解往往决定他在这件事情上能走多远，我们对故事的理解从最早就出现了严重的失误。美国所有的影视剧都是面向未来，而不是面向过去，它无论讲哪儿的故事、什么朝代的故事，都是面向未来，但我们所有的故事不管讲什么，都是听妈妈讲那遥远的过去。我们是一个特别留恋过去的族群。

什么是小说？中文是象形文字的语言系统，顾名思义，小说的最早定义是“小处说说”，但是咱们写着写着就变成了大说。现在中国没有小说，都是大说，说得都特别大。我们应该从宏大叙事回到微观叙事、回到细节叙事，至少把卫生间先安上一个窗户，把窗户朝外开。现在我们的影视剧做不到细节的真实。千里之堤往往溃于蚁穴。

小说，特别像大江大河，影视剧，更像一座高楼，需要有一个结构。所以影视剧是结构的艺术，不能平铺直叙。小说也有结构，但它的结构主要是用语言、意识流，用其特有的文学手法构成。从作家转到编剧可能会有一些不适，编剧首先要摆脱掉对语言的依赖，不是说不要语言，而是不要依赖语言。

编剧和作家的另一个区别，就是作家跟自己打交道，编剧跟别人打交道。跟别人打交道，就要求你不但要编剧好作品，也要编剧好自己的生活。作为编剧，要跟演员打交道，跟制片人打交道，跟导演打交道，还要跟钱打交道。影视界是名利场，名利场的规矩是：如果你不要，就没有人给；如果你要，也要看你的能力能不能要得到。这里没有高风亮节，永远都是刺刀见红。中国的文人总是想要又不说，比如签合同，中国影视界的合同大部分是霸王合同，在签合同的时候一定要小心，要保证自己在一个项目中有一席之地。要明确自己到底要干什么，你如果要拍你心中的、你自己的作品，那么你就要站出来，你要变成编剧兼制作人，定位要特别清楚。一个人最早决定自己要走到哪儿去，就决定他最终能走到哪儿。

第十八封信　面对内心，背对悬念

观众看一部作品，即便他知道结局也要赴约，因为观看一部作品的微妙感受是无法被替代的。

很多年来，影视界分不清什么是原创，什么是原创性。不是说原创的作品就一定有原创性，也不是说改编的作品就不用考虑原创性。如何使原创的作品具有原创性，使改编的作品具有原创性，是摆在编剧面前最根本的核心问题。

原创性是对世界和生活的发现，是对真理的挖掘。它极其珍贵而罕见。

我改编过刘震云老师的《手机》。小说《手机》和电影《手机》的原创性主题是媒介对人性的异化，是刘震云老师闪光的大手笔。电视剧《手机》重新挖掘了原创性主题：嘴和心的距离、人和人的距离、严肃社会与娱乐社会的距离。我们把人性的独奏变成了人生的交响。原创直接面对生活；改编既面对一个文本，也要面对生活。创作的本质是一样的：我们如何发现生活的真理。在生活中发现真理和在文本中发现真理，同样艰难。

一般来说，充满人际关系冲突的故事适合改编成电视剧，充满人与环境冲突的故事适合改编成电影。但这也都是陈词滥调。不必拘泥于一般性认识。我觉得最适合改编成电视剧的是李时珍的《本草纲目》，最适合改编成电影的是马克思的《资本论》。不是开玩笑，这两件事我都在考虑。

我翻阅过《三体》，但没有细读。这种类型的作品改编成影视，我认为的确难度更大一些。这要求编剧除了要有讲故事的手艺，还要有相当宽阔的知识结构，要有能够自成一体的逻辑体系。四五年前，宁浩工作室找过我改编刘慈欣的科幻小说《乡村教师》，我看了小说以后知难而退了。我没有能力改编科幻类作品，以后也不会涉猎这一类作品。但科幻类影视作品的生产，最大的难度还不在编剧，而在于社会环境。科幻作品根植于一个国家的科学发展实力，它不是凭空而生的。我们目前的科学实力，很难跟科幻作品互为表里。这是一个很微妙的关系。

很多人觉得改编一部已经获得大众普遍肯定的作品难度相当大，因为这个故事一开始就没有了悬念，人物角色的关系、情节的大致走向都已经一目了然。这个结尾人人皆知的故事，怎么改编才能悬念迭生?

这就好比年底了，经常有各种聚会。每个人去参加聚会都知道聚会的开始、发展、高潮和结局，都知道大概会发生什么。但为什么还要去参加呢?因为过程里有各种微妙的感受。观众看一部作品也是如此，即便他知道结局也要赴约，因为观看一部作品的微妙感受是无法被替代的。

作者的责任是写出人间的苦乐、人生的悲喜、人性的黑白。“悬念”是一个害人的名词。写作的时候可以面对内心，背对悬念。

第十九封信　名师出高徒

写真相——这是罗伯特·麦基戏剧理论的核心目的。

我有三位剧作老师。

第一位是悉德·菲尔德。

我刚到中央戏剧学院上学的时候，还是一个文学青年，那时我的理想是写小说，对电影剧本一窍不通，也不感兴趣。有一次在课堂上，教电影剧本写作的老师司徒志岚给我们放了一部伊朗电影——《小鞋子》。我被电影艺术给震撼了，从此开始注意电影剧本写作方面的事情。也正是那时候，我在中戏图书馆的《世界电影》杂志上读到了悉德·菲尔德《电影剧本写作基础》的书稿连载。悉德·菲尔德对电影剧本的论述简洁流畅，我将连载一字不落地抄到了我的笔记本上。然后打电话给出版社，问什么时候书能出来，在书上市的第一时间，我去北京电影学院的书店将书买了回来。

悉德·菲尔德有两点给我留下了深刻印象。首先是三幕剧结构理论，即建置、对抗、结局。虽然这是亚里士多德开始、发展、结局三段式理论的变体，但悉德·菲尔德对此理论有继承和延伸。其次是悉德·菲尔德创造了“情节点”的概念。情节点是戏剧的钩子，将事件钩住并不断转向。情节点是故事理论中非常重要的贡献。当前中国影视作品的一大弊病就是平铺直叙，一览无余，情节点严重缺失。

第二位是罗伯特·麦基。

实际上，几乎是在我阅读和研究悉德·菲尔德的剧作理论的同时，中戏的一位专业课老师就在课堂上推荐了罗伯特·麦基的《故事》。但我当时专心于《电影剧本写作基础》，没有听进去。一直到毕业两三年之后，偶尔翻《故事》，才惊觉差点错过了大师之作。我后来比较这两位老师的不同，悉德·菲尔德像是给电影做减法，将电影的骨骼呈现给读者；罗伯特·麦基是做加法，思想加上感情，再加上结构，等等，构成波澜壮阔的故事世界。我喜欢悉德·菲尔德老师的简洁，也惊叹罗伯特·麦基老师的繁复。两位老师的这两本书，一直都立在我的案头。

第三位是理查德·沃尔特。

2008 年 5 月，我报名参加了吴天明导演组织的中美编剧研修班，在这个研修班上，我迎来了我的第三位美国老师理查德·沃尔特。实际上，我听说原来吴天明导演想请的是罗伯特·麦基，但由于种种原因未能成功。我带着稍稍遗憾的心情听理查德·沃尔特老师讲课，结果却眼前一亮，心中也是一亮。理查德·沃尔特老师的理论具有强烈的独创性，他认为最具商业性的电影一定是“个人化”的电影，而并非大众化，他认为一部标准电影的长度最好是一百分钟，他认为一部电影最好有一把“时间锁”，“时间锁”可以使电影保持节奏。理查德·沃尔特老师的剧作理论专著《剧本》后来也在中国出版了，这本书也立到了我的案头。

2011 年，罗伯特·麦基终于来了中国，开讲他的“故事结构”课程。我报名参加，现场聆听了他的理论。课间的时候，很多同学拿着《故事》找他签名，我也找他签了，我发现他给所有人签名都会写同样的一句话：写真相。这是罗伯特·麦基戏剧理论的核心。

我的三位美国老师中我唯一没有见过的是悉德·菲尔德，

2013年秋，听说他也要来中国讲课，我也想报名参加，但是很快听说他因为身体原因放弃了中国之行，又过了一段时间，听说他去世了，甚以为憾。只能在书中学习他的透彻与简洁了。

自影视艺术被发明以来，各种理论书籍多矣，我也都曾有涉猎，但论立意之高远、目光之透彻，这三位美国老师可谓木秀于林。这三位老师的共同点在于，他们都是以亚里士多德的戏剧理论为基石，构建自己的美学大厦。悉德·菲尔德老师的三幕剧作结构直接继承了亚里士多德的三段式结构，理查德·沃尔特老师在课堂上不断说“我们谈剧作必须不断回到亚里士多德的戏剧理论中去”，而罗伯特·麦基老师也在《故事》一书里，不断地提到并引用亚里士多德在《诗学》中的理论。

当下，中国的影视环境表面看上去大潮翻涌，电影票房高涨，电视剧演员片酬高涨，但优秀作品却踪影不见。人们把目光聚焦在大数据、收视率、演员、营销等市场元素上，而独独忽略了影视艺术的核心是“故事”。

我想，我们需要认真向这三位老师学习。

第二十封信　每部作品都是九死一生

叙事艺术的更高境界是增之一分也不长，减之一分也不短，变成了一个很美妙的变化，是一个绕指柔。

◆一场博弈

编剧分两类，一类是技术派，比如我的好朋友余飞老师和周智勇老师，他们都属于技术派，讲究技术在写作中的合理运用；另一类是艺术派，我的另一位好朋友李樯老师是艺术派，艺术派更注重写作本体的一些东西，比如主题、思想。严格界定来说，我属于艺术派。希望剧本写作能更自由，能更多摆脱资金、市场、数据对剧本的控制。所以我目前并非一个主流编剧，我希望能够跟影视市场有所博弈。

根据目前的影视环境，未来很长一段时期内，编剧不会受到真正的重视，也不会获得真正的话语权。影视圈大干快上的生产速度注定资本是核心。谁掌握资本，谁就是核心。我们一直强调重视编剧、重视剧本，但都停留在口号阶段。所谓重视编剧与剧本，只是一个姿态，属于缺什么吆喝什么。最好的编剧生态是编剧有充分的创作周期，有合理的薪酬分配体系，比如，能拿到自己作品的版权红利，能有跟影视环境博弈的能力——博弈不一定是要赢，而是保证自己和自己的作品不成为炮灰。

◆市场的奴隶

编剧与市场要保持理性距离。理性的距离就是不太近也不太远，了解市场但不被市场所迷惑。编剧很难引领市场，你可以跟它保持一个适当的距离，你熟悉它，也使用市场给你带来的便利，比如市场观察到有一类作品很受欢迎，新出来的演员，包括提供一些数据等。但一个好的编剧首先是不被市场迷惑。有句话叫“达则兼济天下，穷则独善其身”，我觉得一个合格的编剧至少要做到“独善其身”，跟风、模仿、成为市场的奴隶不是获得独立的方法。

之前我写栏目剧的时候完全是委托创作，人家让写什么就写什么，但是要迅速从这个状态里跳离出来。在给电影频道写电视电影的时候就基本没有委托创作了，我找到一个特别想写的故事，再找一个制片人一块儿来做。到了电视剧的时候，我只接过一次委托创作，就是《美丽的契约》，结果也是非常不愉快的。我觉得一个编剧对自己的创作能力足够自信的话，要尽快摆脱职务创作、委托创作，进入自主创作。当然，当你觉得能力没有达到可以自主创作或者能够搭一个制作团队的时候，委托创作也是一个很好的锻炼写作的方法。

◆审查限制

对影视创作来说，有三种限制，麦基在《故事》一书中论述过两种：背景限制与类型限制。背景限制对作者施展他的知识非常有效，类型限制则是一种类似于唐诗宋词那样的韵律系统，它在固定结构内，产生意象、意思与意义。其实，审查限制也是韵律系统中的一环。不光是我们面临审查，全世界的影视工作者都面临审查。最严厉的大概是伊朗，苛刻的审查制度把伊朗很多导演都逼进了儿童片领域。于是我们看到了《小鞋子》《天堂的颜色》等震撼人心的电影。这就是艺术家跟审查限制发生关系后，产生的反作用力。我很喜欢我们老家的一句俗语：水要走路，山挡不住。艺术就是人类灵魂之水，可以为云，可以为雨，可以为冰，可以为雪，可以止渴，可以灌溉，行到水穷处，坐看云起时，没有什么能够阻挡，它对自由的向往。

◆改、改、改

我写剧本没有成就感，但改剧本有成就感。写剧本的过程很痛苦，我对剧本产生感觉是写完之后开始改剧本的时候。如一种工作，叫调琴师，这时候你拨一下琴弦，微妙的人性就会发出声音。有时候调整剧本不只是调整情节，包括价值观的调整、人物的调整。一个作家享受创作带来的快感就是在这个时候。你使这个人物发生变化的时候，你自己也会发生变化，你的感受跟他的感受是一样的。

叙事艺术的更高境界是增之一分也不长，减之一分也不短，变成了一个很美妙的变化，是一个绕指柔。你增之一分之后，别的地方也在增长，减之一分，别的地方也在减，这就是刘震云说的，一个好的作家会从必然王国进入自由王国。我们以前觉得某个情节必须是这样的，其实不是，在必然王国之上还有自由王国，到了自由王国里面你怎么驰骋都可以。

所以当我们进入剧本修改阶段的时候，就要找到这种人性的声音，找到这种变化给你带来的快乐。像《决胜》改了七年，这七年几乎是推翻全部重来，除了“的地得”一样之外，其他全都不一样了。跟电视台、各个投资公司协调沟通，这是一个很艰苦的过程，也是很美妙的过程。像打乒乓球一样，一来一回。

在这个过程中会收获对故事的理解能力，会体会到写故事的无限可能性。当别人给你一个想法，你会发现的确还有别的可能性。当发行方提出前三集节奏不够快的时候，我跟导演绞尽脑汁想办法，也写了几稿新的开头。最后导演说，方金，咱们回到最初。但你对这个最初和最初的那个最初，已经有不一样的感受了。

这些无用功都是事后才知道，你之前是不可能知道的。虽然最终在你的作品中没有用，但在你人生中是有用的，在你写其他的作品时，会给你带来极大的助推力。

第二十一封信 日光之下，总有新事

写故事我们最好从结局开始，当你想好一个不可替代的结局的时候，你才能想到一个奇思妙想的开端。

前几天我的一个编剧朋友请我在簋街吃饭，吃饭的是一群编剧，都是青年才俊，我一来他们就让我喝啤酒，我说我不喝，他们问我为什么不喝，我说因为这个饭馆的洗手间坏了。他们以为我开玩笑，说不可能，我说真坏了，他们就去检查，发现果真如此。我说喝多了啤酒，吃到一半如何是好，在场的还有女编剧，更不方便，体面很重要。我不管去任何地方吃饭，首先要去洗手间看看它的卫生状况怎么样，所以我的故事里一般都有一个洗手间。我觉得人类如果不解决终端问题就解决不了开端问题。同样，写故事我们最好从结局开始，当你想好一个不可替代的结局的时候，你才能想到一个奇思妙想的开端。

说到观察生活，我们山东有个诗人，叫韩复榘，这个诗人有两首观察生活的诗。有一天电闪雷鸣，韩诗人就跟他的副官说，我要写诗。第一句是“忽见天空一火镰”，这是写实，比喻闪电的形状。第二句想象力特别丰富：“可能神仙要抽烟”，这句非常跳跃，他的想象力从地面已经到了天上。这时天空中又打了一个闪，接下来这两句带有假定性：“如果神仙不抽烟，为何又是一火镰？”我觉得中国现在没有多少编剧和作家能像韩诗人这样观察生活如此细致。

韩诗人还有一首诗。他去泰山的时候，跟副官说我又要写诗。他在往泰山走的过程中完成了这四句诗，也是观察生活所得到的感受。他是这么写的，第一句：“远看泰山黑乎乎。”似乎是一个阴天，环境气氛都带出来了。第二句：“上头细来下头粗。”又回到了他思维的风格化上面，他的思维是有写实逻辑的，他提醒我们时刻要进入戏剧假定性。后两句：“若把泰山倒过来，下头细来上头粗。”我们缺少跟生活的这种直接的、活泼的关系。作家要多体悟心灵，编剧要多观察生活；作家借助语言深入人心，编剧利用生活材料展现世态人情。作家跟语言相依为命，编剧同语言没有这么深入的关系。跟作家相比，编剧没有太多借助的东西，只有视和听这两个方面，所以观察生活非常重要，需要时刻把生活中心灵的感悟、想象的景观直觉化。直觉化也就是视觉化。

编剧和其他文学艺术最大的不同，在于编剧是靠色彩、靠视觉、靠听觉来工作的，所以将同等水准的作家和编剧相比，编剧的工作难度大一些，他可调动的艺术手段非常少，所以观察是非常重要的。心灵当然也很重要，但是编剧工作的第一个层面是客观的物质现实，我们利用的是生活材料、历史材料本身。语言只是手段中的手段。在作家那里，语言可以是目的。

于正老师一直说世界上没有新故事了，都是你抄我，我抄你，但是我们的生活每天都在发展，太阳底下总是有新的事情，总是有新的结构、新的发明，我们之前不会想到有微信，现在微信基本上要把手机运营商顶垮了，以后也许没有人打手机了。你可能前两年还在大街上看到卖盗版碟的，现在看不到了。时代是呈几何状发展的，如果不能适应这种变化，不能掌握足够信息量的话，就没有办法做编剧，因为影视业，尤其是电影，是在跟全世界最聪明的人比拼，是跟昆汀·塔伦蒂诺、科恩兄弟、斯皮尔伯格等人比拼，而不是跟自己赛跑。电影是最世界化的现代媒体。

第二十二封信　从哪里来到哪里去

我们并不能发明故事，我们只能发现故事，它先于存在而存在。

故事大于一切，不光大于演员，大于导演，也大于编剧，大于作家。我们并不能发明故事，我们只能发现故事，它先于存在而存在。故事既然比我们导演、演员、编剧都大，由此可证，故事也肯定大于投资人。除非他不是人。

当下影视行业最核心的问题在于：投资人认为他可以用资本或概念操纵故事，并操纵我们这些故事工作者。对不起，这是不可以的。故事是人类记忆最后的堡垒，是人类想象最前沿的阵地。即便影视行业失守，我们故事行业会严防死守。

2015 年“怀柔论剑”结束那天，陈道明老师给我发微信，说晚上要请我吃饭。我说我论了两天剑，特别累，要不改天再吃，陈道明老师说正因为论剑太累，必须给你补补。那天陈老师请我吃了一顿大餐。吃饭的时候，陈道明老师非常感慨地对我说，方金，我想了一下，还真是，在影视行业发生危机的时候，还真是你们编剧能挺身而出，还在想更长远的事儿。所以我要请你吃饭，我要支持你们。

大家都知道，陈道明老师云淡风轻，从不发朋友圈。在他的朋友圈里，只有两条，一条是汪海林老师在“怀柔论剑”的发言，一条是我在“怀柔论剑”的发言。在此我代表“怀柔论剑”的那把剑向陈道明老师表示感谢。感谢道明老师对我们编剧行业的支持。

前几天道明老师看了我在宁波的那个演讲，给我发了一条微信，陈老师的微信是：得到了金钱，失去了文化和道德；得到了肉身舒适，失去了安全和信任。这个民族会向何处去。我回的微信是：无限下坠，有限生存。陈老师又回：所以永远没有答案，你们现在是文化人对话资本家。我又回：一切坚固的必烟消云散。这个题目就是从这几条微信的对答而来：从哪里来到哪里去。

刘震云老师有部小说，叫《一句顶一万句》。里边有个意大利传教士老詹，老詹日夜思考的问题就是：我是谁，从哪里来，要到哪里去。老詹在河南的黄河边传教，见到人就想用这三个问题去启发对方，想使对方信主。但老詹很快发现，这三个人类终极问题在中国人这边不是个问题。有次他在黄河边遇到曾家庄杀猪的老曾，说老曾啊，你知道你是谁吗，知道你从哪里来到哪里去吗？老曾说，知道啊。我是老曾，从曾家庄来，到王家庄去杀猪。老詹一时拔剑四顾心茫然，想了想说，你说的也对。老詹即便今天用这三个问题来中国传教，估计还是传不下去，因为我们有统一答案：我们是中国人，从没钱的地方来，到有钱的地方去。或者我们从有钱的地方来，到更有钱的地方去。活了上下几千年，中国人还是没活出一个“钱”字去。如果用这仨问题问中国影视界的朋友们，那就更简单了：我是某某某，我还没上市，我要去上市。

但是必须有人说不。那不会是别人，只能是我们，只能是编剧。编剧是个古老而光荣的职业，编剧中最耀眼的星辰是莎士比亚。莎士比亚的投资人都已烟消云散，但莎士比亚和他的故事将在人世永远流传。

第二十三封信　编剧的品牌之路

无论是品牌编剧还是品质编剧，或者其他什么编剧作家，我们最根本的身份都是讲故事的人。

品牌编剧在我的理解中，意味着相当的品质、稳定的产量以及一以贯之的风格。所以有些编剧的作品非常优秀，但他不是品牌编剧，因为产量太少。这样的编剧可以叫品质编剧，不能叫品牌编剧。还有些编剧，产量很高，但品质欠缺，并时有抄袭或过度借鉴跟风，这方面杰出的代表是于正老师。因此于正老师也不能被称为品牌编剧。还有些编剧，东一榔头西一锤子，什么都写，没有形成自己一以贯之的风格，也不能被称为品牌编剧。那么在电视剧编剧中，谁可以被称为品牌编剧呢？王丽萍老师是个典型。王丽萍从《婆婆媳妇小姑》开始，到《媳妇的美好时代》《双城生活》《大好时光》等作品，建立了自己的话语体系、写作资源、剧作风格，并有相当稳定的产量。最近又身兼制作人之职，使自己的作品有鲜明的个人风格。电视剧行业中，特别缺少像王丽萍老师这样的品牌编剧。所以电视剧的品牌之路才刚刚开始。希望有更多的编剧能成为品牌编剧。但我也不建议大家都来做品牌编剧，因为做品质编剧、个性编剧、职业编剧都挺好，人最大的能力是要有自知之明，要量力而为。

在电影行业中，情况复杂得多。放眼全世界，纵横一百年，没有几个品牌编剧。《美丽心灵的永恒阳光》的编剧查理·考夫曼和《撞车》《百万美元宝贝》的编剧保罗·哈吉斯算是品牌编剧。但他们还兼做导演，并非纯粹的编剧。目前来说，中国的编剧李樯是世界上为数不多的品牌编剧。他有相当的品质、稳定的产量、一以贯之的风格。从《孔雀》《立春》《姨妈的后现代生活》《被遗忘的天使》到《致青春》《黄金时代》，分别合作的导演是顾长卫、吴宇森、赵薇、许鞍华，都是很强的导演，但李樯的个人风格被强烈地保存了下来，形成了自己的故事地图和人物谱系。所以李樯可以被称为品牌编剧。但李樯这个现象是非常罕见的。不可被复制，也不能被模仿。所以我觉得做电影编剧，可能主要还是做职业编剧或个性编剧，很难成为品牌编剧。

对于我个人来说，我成为不了品牌编剧。我保证不了稳定的产量，充其量算是一个个性编剧。所以我最大的愿望就是希望我的朋友都成为品牌编剧，然后我就成了品牌编剧的朋友，如此便与有荣焉。但无论是品牌编剧还是品质编剧，或者其他什么编剧作家，我们最根本的身份都是讲故事的人。数千年来，莎士比亚、托尔斯泰、汤显祖、曹雪芹等故事手艺人以其精湛的手艺使我们试图了解我们自己是谁，从哪里来到哪里去。数千年来，人类一直以两翼飞行，一翼是科学，一翼是文学。在一个世纪以前，文学一直领先科学。但在最近一百年中，科学后来者居上。我们是谁？从哪里来到哪里去？科学已经握住了问题的把手，并终将开启答案的大门。我希望我们文学的阵营能写出伟大的故事，在科学家打开大门的时候，发现我们已经坐在上帝的客厅里喝茶。咖啡也可以。上帝平易近人，我们平易近上帝。

最后分享一首诗。美国诗人米勒的《我让窗子开着》：

我今天让窗子开着。

我听见两个早晨散步的女人，说她们有多喜欢在晚上搂着她们的狗，其实她们真正的意思是说："我想念我的丈夫。"

我听见两个害羞的男女邻居谈论天气，以及周末的安排，其实他们真正的意思是说："我想我爱上了你。"

我今天让窗子开着，我听见一对夫妇说着所有事情都会变好的，他们真正的意思是说："事情从来就没有变好过。"

我听见两个编剧说着他们的新故事即将改变世界，他们真正的意思是说："我希望我能付得起这个月的房租。"

我今天让窗子开着。

我听见一个小男孩对另一个说："让我们围着小区看谁跑得快。"他真正的意思是说："让我们围着小区看谁跑得快。"

希望我们这些讲故事的人永葆赤子之心。希望我们即便改变不了环境，也不让环境改变我们。

03

剧作人工具箱

第二十四封信　挖掘已然存在的故事

从人类历史被记载的那天起，故事从未离席。

我们能够触摸和感知那些久远的年代，是因为故事的生生不息。

前几天，家里客厅的一个顶灯坏了。去超市买回来灯泡、灯罩，想自己换，未果，因为没有工具。后来还是打电话给物业，一个维修师傅带着工具包来，拿出电钻、螺丝刀、胶带、钳子等工具，很快给换上了。看师傅娴熟使用工具工作的时候，我忽然想起了小时候曾经的一个理想——当电工。

小时候想当电工，是因为电工总是随身背着一个工具包，包里装满各式工具。其中最吸引我的，是电工的脚爬（也叫脚扣）。脚爬分两种：一种是橡胶牙，爬水泥电线杆；一种是铁牙，爬木头电线杆。配合脚爬的，是安全带。电工穿上脚爬，腰里系上安全带，手扶住电线杆，双脚交替，就上到了电线杆的顶端，然后掏出电笔或螺丝刀，开始工作。

没有工具，我们无法完成精密的工作。

但我想说的不是这个，我想说的是，作为讲故事的人，如果没有工具，我们无法“挖掘”一个完整、精彩的故事。之所以用“挖掘”而不是用“创造”或者“讲述”，是因为我相信好故事都先于讲述或创造而存在。这个观点并非由我独创，美国作家斯蒂芬·金在接受《纽约客》采访时曾说过：“我相信故事犹如埋在地下的化石，是被人们挖掘出来的。”采访他的记者不相信，斯蒂芬·金说：“我知道你不相信，但只要你相信我这么相信就够了。”

简单来说，斯蒂芬·金认为，故事是遗迹，属于一个未被发现但已经存在的世界。作家的工作就是利用他工具箱里的工具把每个故事尽量完好无损地从地里挖出来。为此他曾在自己的一本论写作的书中专门列出一章，叫“工具箱”。中国没有产生世界级的畅销作家很大程度上是因为我们不重视故事的工具箱。锉、直尺、扳手、鹤嘴锄……如同世间的任何一件工作一样，讲故事的任何一个环节，都需要有相应的工具。否则故事无法被有效讲述。

从人类围坐在篝火边讲故事起，到今天用光影动画讲故事为止，人类讲故事的工具在不断变化。如同人类生活不断推陈出新，因为讲故事工具的不断变化，故事也不断推陈出新。越来越完整、越来越庞大的故事被人们一一挖掘了出来。可以这么说，从人类历史被记载的那天起，故事从未离席。我们能够触摸和感知那些久远的年代，是因为故事的生生不息。因此我们需要故事，需要讲故事的人。而对于讲故事的人来说，则需要掌握故事的工具箱。

最早注意到故事的工具箱的，是生于两千多年前的古希腊人亚里士多德。他几乎是站在故事的源头，对故事进行了命名和梳理。直到今天，所有讲故事的人，还必须感谢亚里士多德，感谢他的《诗学》。他梳理了故事的软工具箱，比如发现讲一个故事需要具备开始、发展和结尾。很多人以为这是一句废话，但这是衡量一个故事最基本的一把标尺。他也梳理了故事的硬工具箱，比如对音韵字义、比喻修辞进行了比较、分析，细细探究高下优劣。

亚里士多德的实证精神为故事艺术奠定了理论基础。《诗学》也成为讲故事的人的一件必要工具。但可惜，在中国，故事的手艺到今天一直不被重视，至于故事的工具箱，更是少有研究。美国的编剧教父麦基是贯通了东西方故事艺术的大师，他曾两次来华授课。不相信他的人讥讽他是机械论，是骗子；相信他的人则只想速成。但麦基的《故事》作为继《诗学》之后的又一件故事工具，只能授人以渔而不能授人以鱼。工具，可以让我们掌握讲故事的手艺，但它只是手段，不是目的。

2012 年，中国作家莫言获得了诺贝尔文学奖，他的获奖演讲标题就是“讲故事的人”。莫言能把高密东北乡的故事带到世界上去，是因为他像一个电工一样，有自己的工具箱。碰到水泥电线杆的时候，电工穿上橡胶牙的脚爬；碰到木头电线杆的时候，电工穿上铁牙的脚爬。用错工具则寸步难行。莫言的工具不会比电工少：灵感的钳子，语言的锤子，结构的镊子，情节的轮子……临渊羡鱼不如退而结网，每一个讲故事的人，必须要准备好自己的故事工具箱。

第二十五封信　第三类故事

对于发生在眼睛里的故事，我们就要找到它的视觉高潮。

在美国，问电影是由谁发明的，大家都会回答是爱迪生。在法国，答案则是卢米埃尔兄弟。实际上电影这门艺术是由美国的爱迪生和欧洲的卢米埃尔接力发明的。现在世界电影的语法，也同样是由欧洲和美国接力创造的。再举一个例子，乒乓球是我们的长项，虽然欧洲也出过一些顶级选手，但要真正跟我们抗衡，大概几十年内不可能。美国人是玩不过别人的东西基本不玩，他们基本放弃了乒乓球，只是别出心裁地用乒乓球跟中国在二十世纪七十年代做了一次破冰外交。当然，美国也有一个打得好的乒乓球选手——阿甘老师。

从乒乓球的角度反过来看影视艺术就会发现，我们想用欧洲和美国创造发明的这套影视语法跟他们抗衡恐怕也需要不短的时日。虽然我们也先后出过世界级的导演，但先天不足使得我们在影视这门艺术上捉襟见肘。我们现在的综艺节目基本靠从国外购买，我们甚至把韩国的综艺版权和影视版权买空了，从日本也买了不少。现在基本上每个影视公司的手里都储存着日本作家的版权。当然，他们不叫版权，他们叫 IP。拍电影都不叫拍电影了，叫拍 IP。我认为，现在我们跟西方、跟日本，最激烈的战场不在南海，不在钓鱼岛，而是在文化的对抗上。我们的影视界基本已经沦陷，放弃了原创，放弃了为原创创造良好的环境。资本茹毛饮血，我们四面楚歌。所以，故事是我们突围的资本。

从故事跟受众的联系来看，故事可以分成三类。

第一类是发生在耳朵里的故事，在中国非常流行的就是评书。最早人类在篝火边讲故事，在大槐树下讲故事，都是发生在受众的耳朵里。中国的古典小说《水浒传》《西游记》都是先发生在受众的耳朵里，最后被固定到了书籍中。所以话本小说的改编，要谨慎。因为发生在耳朵里的故事是面对着受众直接讲述的，信息要不断重复，这种发生在耳朵里的故事是一次性的，你不能按住暂停，让他再讲一遍。有好多人是刚刚进来坐下，有好多人是没听见。那么当有新的人进来，讲述者就需要把重要的信息，利用语言的方式再巧妙地说一遍，不断地强调。所以，话本小说容易显得啰唆。这就是信息不断重复带来的弊病。

第二类是发生在受众心里的故事。这主要是指小说，比如《红楼梦》。《红楼梦》是纸上的故事，不是用来讲述的。如果《红楼梦》在闹哄哄的茶馆里讲，它的妙处是不易感受到的。所以，读《红楼梦》适合在夜里，在慵懒的午后，人的心灵平静的时候，因为它是入心的故事。再举鲁迅的《秋夜》为例："在我的后园，可以看见墙外有两株树，一株是枣树，还有一株也是枣树。"经常有人讨论鲁迅为什么这么写，我觉得有三点原因：第一点是鲁迅的心境，目光先看到一株，然后看到另一株，特别像一个带有审视感的摇镜头，在这个镜头之下，一切相同的事物都具备自身存在的独立意义。这是一个极高的人格化镜像。苏格拉底说："未经审视的生活不值得度过。"鲁迅的文字，带着严肃审视的目光。第二点是鲁迅的书写工具。当时鲁迅是用毛笔，竖写，从右至左，这种书写的方式，也很容易写出这样慢移的句子。如果鲁迅是今天用键盘写作，即便是同样的心境，他也可能会换一种写法。第三点很少有人提到，就是这两株枣树是鲁迅在后园看到的，不是前院，后园是一个具有审美意义的词汇，另外，这两株枣树是在墙外，并非在墙内，鲁迅只看到它的枝干，并没有看到它的树干。一目不能了然。我觉得这三点导致了鲁迅写出这样一个复杂又简单的句子。这么分析是想说，发生在心里的故事，需要作者和读者悠然心会，这是一种高智力的情感活动。所以，文学现在也大幅度从生活中退场，因为发生在心里的故事需要写读双方都要有一定的知识储备。

第三类是发生在眼睛里的故事。这主要指的是影视。电影不用说了，它主要由视觉变化给你带来心理变化。电视剧虽然很像长篇小说，但它依然是发生在眼睛里的故事。对于发生在眼睛里的故事，我们就要找到它的视觉高潮，为什么美国的电影《速度与激情 7》首日票房高达四个多亿，就是因为它攻其一点不计其余，有大量的视觉奇观发生在你的眼睛里。

所以说，在选材的时候，你首先要考虑你要写哪一类的故事，发生在耳朵里的故事已经基本被抛弃了；发生在心里的故事虽然退步了，但还有一定的疆域，我觉得以后也许会反弹；发生在眼睛里的故事是现在的主流叙事。如果从事第三类故事的相关工作，就要为此做相应的准备，要为找到让人类动容的视觉动作而终生努力。

不管是发生在眼睛里的故事，还是心里的故事，抑或是耳朵里的故事，其实有一个共同点，就是它都是关于人的故事。虽然也有写动物、植物的故事，但大都是将其人格化。

第二十六封信　传递坏消息

坏事里边包含着世界的真理。坏消息意味着变化。

什么样的故事才是时代的好故事？作为一个失败的编剧，我发现，好故事就是人物关系充满张力的故事。

马航丢了一架飞机，这架飞机丢得非常蹊跷，至今没有找到。丢失这架飞机的四十八小时之内，大家很关心，飞机去哪儿了？但时间一长，大家对飞机去哪儿了已经疲倦了。这么大一个死亡和生存的悬念，也持续不了多长时间。飞机事件之后，还出现了一件事情，就是文章同学的事情，文章同学这件事情里，没有丢飞机，没有那么多人的死亡，但是文章同学这件事情吸引了全世界的目光，超过了天后王菲老师和李亚鹏老师离婚的事件。而且，我们都非常喜爱的约翰尼·德普先生来到中国后，非常郁闷。因为他发现自己跟传说中的汪峰老师一样，想上个头条，太难太难了。

那么，文章同学这件事情，为什么盖过了马航飞机事件，盖过了约翰尼·德普老师，盖过了王菲老师和李亚鹏老师呢？因为它有一个非常结实的人物关系。它牵扯到三个人，一个男人和两个女人。全世界大部分故事，是关于男人和女人的故事。当然，也有男人和男人的故事，也有女人和女人的故事，但是你会发现在男人和男人的故事之间，会有一个女人，在女人和女人的故事之间，也往往藏着一个男人。比如《霸王别姬》，比如《断背山》，比如《燃情岁月》。王菲老师和李亚鹏老师的关注度严格来说，比文章老师、姚笛老师和马伊琍老师的关注度要高，但因为王菲老师和李亚鹏老师的故事是两个人的，所以缺少一个富有张力的变化。两个人的人物关系永远不能跟经典的三角人物关系比拼。讲故事的人必须牢记四个字：人物关系。对讲故事的人来说，世界上没有比人物关系更重要的概念了。讲故事的人还必须牢记一句俗语：好事不出门，坏事传千里。因为坏事里边包含着世界的真理。对于一个优秀的讲故事的人来说，他的价值在于向全人类传递坏消息。坏消息意味着变化。

历史上曾有一个古老的中亚国家，叫花剌子模。这个国家有非常令人惊叹的历史和文明，但是它早已经消亡了。想当年花剌子模发展壮大以后，国王制定了一个细思恐极的规定，就是奖赏带来好消息的人，杀死带来坏消息的人。于是在花剌子模，再也没有了坏消息，国王每天得到的都是好消息。国王得到的最后一个消息是什么呢？就是国破家亡。“国破山河在，城春草木深。感时花溅泪，恨别鸟惊心。烽火连三月，家书抵万金。白头搔更短，浑欲不胜簪。”没有一句是好消息，但是多么动人。

我们讲故事的人，就是必须要传递坏消息的人。我们不但要向我们的国家、我们的民族、我们的朋友传递坏消息，还要向全人类传递坏消息，在人们做美梦的时候，我们要告诉他人心的地震正在到来；在春天的花朵正在开放的时候，我们要告诉花朵剪刀手就在不远的地方。

所以，作为讲故事的人，我们必须担负起时代的使命，去说真话，写真相，写出时代的真相，情感的真相，人生的真相，人性的真相，使这个民族的人学会恋爱，学会说话；使那些想吵架的人会吵架，骂街的人会骂街；使人在掏出刀子之前先学会掏出心里的话，在掏出枪之前先掏出理智与情感。如果一个民族吵架和骂街都酣畅淋漓，爱与恨能自如地表达，毫无疑问，这个民族就会是一个有生命力的民族。时代在等着我们去讲故事，讲好故事。亚里士多德说：一个讲不好故事的时代，必然是一个颓废与堕落的时代。讲故事的人，必须讲出时代的故事，为时代赢取光荣与尊严。我们要让一千年以后的人，一千光年以外的人，知道我们是怎么活过来的，知道我们还想怎么活下去。

第二十七封信　痴人、呆人、聪明人

中国是一个有抒情传统的国家，不太研究戏剧性叙事，我们善于抒情，但拙于叙事。叙事的秘诀是保持戏剧性。

所有的人物塑造都要解决三个问题：他是谁，从哪里来，要到哪里去。这三个问题也是《圣经》里的问题。大家在塑造人物的时候，一定不要想特别复杂的事，你只想清楚这三个问题就可以。我想给大家介绍一部电影，就是《孔雀》，它是我的好朋友李樯写的，电影里有三个主要人物。姐姐是一个痴人，她痴迷于当伞兵，痴迷于离开这个城市；哥哥是一个呆人，他在生活中有一些愚笨；弟弟是一个聪明人，聪敏灵慧。所有好故事一定是这样的，痴人、呆人还有聪明人，当然，它有很多的变形。

姐姐特别想当伞兵，但是她一直被平庸的生活困扰，所有人都对她当伞兵的梦想不屑一顾，最后她跟生活妥协了。姐姐的这个形象写的是什么呢？是我们的青春，我们每个人的青春都是这样的。这部电影最动人的地方不是塑造了姐姐，而是通过姐姐涌现了我们的青春。我们在青春期都有很多的梦想，最后我们却往往变成我们反对的那种人。

哥哥是一个呆人，在生活当中经常受人欺负，但是他特别清楚自己想要什么。《孔雀》里关于哥哥很重要的一段被剪掉了，说的是哥哥进入一个残疾人的工厂，在工厂里他变成了一个欺负别人的人，经常打比他还弱势的人。这一笔写尽了人生的真相。哥哥是人生的中年，代表伦理阶段。人生是去要你要不到的呢，还是去要你要得到的呢？哥哥是个呆人，却要到了自己想要到的。痴人和聪明人都没实现，呆人却实现了。这就是戏剧性。

弟弟是一个聪明人，也是《孔雀》里面最惨烈的角色。聪明人的下场基本上都很悲惨，这个悲惨不是来自艺术，而是来自生活。木秀于林，风必摧之。在《孔雀》一书的封面上，有弟弟的台词：别人都嫌一辈子太短，我老觉得一辈子太长，我恨不得一觉醒来已经六十岁了。他根本不喜欢青春，不喜欢伦理，他想把所有能过的岁月全部过去，希望自己能变成一个老头儿在那儿跟别人下棋、钓鱼，他希望过老年人的生活。老年人的生活是宗教阶段，人最终会走向宗教。

哲学家克尔凯郭尔将人生划分为三个阶段：一个是审美阶段，这个阶段代表青春与活力；一个是伦理阶段，代表人的生命的无能、妥协与消极，当然也代表人平和的日常生活；还有一个阶段就是宗教阶段。一个好的作者必须使自己的作品合理分配在这三个阶段，也就是如何合理分配痴人、呆人和聪明人的比例。

我一直觉得《孔雀》的电影剧本值得影视相关从业者、学习者人手一册。分享一段《孔雀》的前言，这段前言是可以入选语文教科书的：

> 《孔雀》里的故事一直在生长着。在这个故事拍成电影之前或是之后，它都仍然会独自生长。这故事有它自己的命运，自己的年岁和盛衰。能把它拍成电影，是期望它能应运而生。我一直认为电影是这故事毕生的爱情，只有电影才能懂得它身上最优美的天性。但它最终的结局如何，肯定不是我个人所能成全的。
>
> 这样的城市，在白天人群鼎盛的时候，有一种苟且偷

欢的气息。夜晚或是雨雪天气，人迹稀少，城市荒芜起来，就有那种劫后余生的景象。

很多人和我一样在这样的小城市成长，然后离开。面对这样的城市，我总有一种无法诉说的感慨。这些小城市，就像是无数流落民间的技艺之人，在他们当中有着劳苦无常的命运的证据，不被诉说的沉寂衰败的时光。

一个编剧可以不依赖语言，但是必须学会运用语言。就像李樯老师这样。再分享《孔雀》里的三个人物小传。写小说的时候可能不会写这种有明确戏剧性目的的小传。李樯的人物小传好在什么地方呢？就是不烦琐，这个人从哪里来，到哪里去，他是谁，是非常明确的。

《孔雀》里的姐姐是这样写的：

二十一二岁。身材中等，略消瘦。面孔清秀，也可以说是清淡，人淡如菊。她有一种清教徒式的气质，外表安静，内心刚烈执拗。她可以为了梦想狠得下任何心。她笑起来很单纯，不笑的时候人很冷清。这种女人出现在男人面前是不会引起肉欲的，她的美会让男人留在心里作纪念，想不到去享用。她是一个过于唯美或理想化的人，她一生都活在她的梦想里。外人看起来以为她不食人间烟火，其实她是最被生活吸引的人，对她自己的生活充满热望，这样的女孩子在封闭的小城市里肯定是个异类。

很简单的几句话把一个人物的形象立在了大家面前。我再补充两句，为什么张静初的表演一直不能超过姐姐这个角色呢，因为这个角色跟张静初本人形成了戏剧性，她很难再找到姐姐这样能跟她自身发生化学反应的角色。

哥哥的人物小传：

二十三四岁，比姐姐大一些，胖乎乎的，个子不高。胖人看上去很憨厚，哥哥尤其宽厚，以至于有些愚钝。但他的眼睛又大又明亮，与他愚钝的身体很不协调，看着让人替他无辜。他的笑容很灿烂，随便的笑都会格外开心似的。他胖胖的脸上有一种儿童气还没有脱去，很是善良，纯真。你看他笨头笨脑的，可心里很明白。

弟弟的人物小传：

十七八岁，苍白瘦弱，人很敏感。内心过于丰富，以至于人累得有些慵懒。眼睛很灵动，像随时会逃跑的鹿，气质很复杂，很难一句话说清，因为他还处在青春期，人还没定型。看上去又清纯又阴郁。这孩子的未来不好说，把握不准，或许是个好孩子，也可能会去杀人。但外表还是文秀的，就像在风雨中飘摇不定的一株纤弱的树。

中国是一个有抒情传统的国家，不太研究戏剧性叙事，我们善于抒情，但拙于叙事。叙事的秘诀是保持戏剧性。一切影视工作者，包括演员，都要活在戏剧性的保护罩里。角色找不到戏剧性，演戏就会非常困难。大家想想，与陈道明老师同时代的演员还有几个留下来？只有很少几个能停留在一线的位置上，但是陈道明老师还在。这是因为他寻找到的角色大都会跟他本人形成一个戏剧性。20世纪80年代的《末代皇帝》，90年代初的《围城》，还有后来他演的《康熙王朝》《中国式离婚》，这些角色都跟他自身的特质形成了戏剧性。陈道明之所以这么成功，是因为他会挑角色，知道什么是戏剧性，而很多演员，他们对戏剧性的理解出现了问题，把生活和戏剧弄混了。编剧和作家也一样，不要搞混生活和戏剧的区别。戏剧性会帮助演员。一个演员没有戏剧性，将是很大的悲哀。一个编剧不理解戏剧性，也将是很大的悲剧。

戏剧性有很多种。“拴马桩”是一种。讲一个拴马桩的故事。罗伯特·麦基第一次来中国上课是 2011 年，他离开的前一天晚上有个欢送晚宴，我和演员刘蓓都参加了。刘蓓说你要跟罗伯特·麦基说说我们很喜欢他。罗伯特·麦基和他的韩国夫人从邻桌过来之后，我就开始跟他讲话。这时候你要用拴马桩，否则他不会有耐心听你说话。我说麦基先生，全世界只有两个人能理解你，他马上眼睛一亮。我说其中一个就是我，他就问 why，我说在我的床头有两本书，一本是亚里士多德的《诗学》，一本就是你的《故事》，两千多年以来只有你们两个人深刻理解了故事与生活的关系，你根本不是一个教剧作技巧的老师，但是全世界的人都以为你是教别人写剧本的，实际上你是一个戏剧美学理论家，大家都误解了你。罗伯特·麦基很高兴。这时候他问了一句话：另一个人是谁？看，拴马桩起作用了。这就是结构的戏剧性，你一定要用一个结构把他留在你的语境里。他问另一个人是谁，让我面临了新的问题，你不能说是奥巴马，也不能说是刘蓓。我急中生智说：另一个人就是您的夫人。他夫人特别高兴。这就是拴马桩的作用。

第二十八封信　破译故事的秘密

内容有时候很难原创，但如果有一个好的结构，故事就会出现原创性。结构使故事出现新的意义。

中国的文艺创作分两个序列。一个是作家序列。作家天然同人生的关系是很紧密的，我手写我心，所以基本不会游离在人生之外。另一个是编剧序列。中国的编剧，进入2000年以后犯了很大的错误，他们跟生活离得太远了，技巧性过多。大家都知道，对于影视工作者来说，很多人都是接活儿的概念，这导致他离自己的生命体验很远，切断了同自己内心的联系。

我曾坐在校园里面的椅子上，看见来来往往有很多女同学、男同学，在校园里我总共见到了五个穿超短裙的女同学。穿得最短的一个走近的时候，我注意到她是一个日本人。最先告诉我夏天到来的消息的是一个日本人。另外四个，一个是美国人，还有两个是德国人。只有一个中国女同学穿裙子，但还穿着一条——我不知道叫丝袜，还是叫秋裤，可能是丝袜——我不太懂女士服装。

这是不是说明我们中国的同学比较怕冷呢？穿衣戴帽、一颦一笑特别能体现族群的区别。这让我想起 2008 年，我们在中美编剧交流班毕业典礼上的事情。那天是 5 月 12 日，我不太爱参加集体活动，向来独来独往，就没有去，我在宾馆里洗完澡后躺在床上休息，突然感觉到床在动，一瞬间我觉得这个宾馆的质量不太好，可能隔壁有什么动静影响到了我，然后从来没有经历过地震的我，马上也醒悟过来：好像这是一场地震。我很快面临几个问题。第一，要不要冲出去？那个时候我刚洗完澡，没穿衣服。第二，接下来怎么办？即便我今天牺牲在这里，也一定是穿戴整齐，因为你是一个知识分子，你要有尊严。

我穿好衣服后，又想到了一个问题，我的电脑带不带？因为大家都是编剧、作家，你们肯定特别珍惜你们的电脑，我想了想，电脑也还是要带的，我又把电脑背上。这时候面临第四个问题，眼镜戴不戴？那个时候眼镜已经不能戴了，就冲了出去，在楼道里看到一群男男女女很有秩序地从楼上走下来。我非常惊慌地冲到大街上，看到大街上有很多人衣衫不整，而那群男女却在大堂里安静地坐着，很快我发现他们是日本人。我就找了一个宾馆的翻译，问他们：“你们为什么不跑？”他们说：“我们训练有素，从小就经过逃生灾难的训练，我们不大害怕这些东西。”后来宾馆的人一再邀请我们进楼，中国人是不大敢进的，只有那些日本人还在里面喝咖啡。我突然发现人在遇到巨大的灾难时，训练有素和不训练有素的选择有如此大的区别。

那是我在宾馆遇到的事。在西安朱雀影城毕业典礼上发生的故事是这样的，吴天明导演正在讲话，突然发生地震，他马上说“大家跟我来”，那一年他六十九岁，身手非常敏捷，他们从很高的楼层往下走，走的时候看见来参加毕业典礼的一个导演抱住影城的大柱子死死不放，吴天明老师对该导演说，“咱们走吧”，该导演说，“不，这样是最安全的”，因为时间非常紧急，吴天明就领着其他同学走到了大街上，然后清点人数，突然发现少了一个四十多岁的女编剧，这对主办方来说是重大事件，大家马上联系她，但女编剧的电话断了，两三个小时之后才打通。我们后来才得知事实是这样的：这个女编剧比吴天明跑得更快，她跑到大街上拦住一辆出租车，说往空旷地带开，司机问什么地方是空旷地带，她说你就一直往前开，不要停。我们打通她电话的时候，她已经快到宝鸡了。工作人员在电话里说你回来吧，女编剧说我不回来了，你们那儿太危险了。

我们可以从地震这个事件中看到几种人物的选择：比如某导演，他肯定在以前受过这种地震逃生训练，危难来临立刻抱住一个柱子，因为柱子不会倒；比如那个编剧大姐的逃生行动，特别体现她的性格；比如吴天明，作为一个组织者，他要照顾所有的人；还有那些日本人，毫不惊慌；还有我，至少是保留了一个知识分子的尊严。我后来回望这一刻的时候，特别后怕，万一那天我就赤身冲出去了，必会成为一个笑柄。由此我们可以看到，日常大家在交际的时候，都是彬彬有礼、互递名片，但你永远不知道对方是什么样的人，只有一个大的事件降临，人的性格和行动才显现出来。越极致的事件越体现人物性格。

我们写剧本，或者说写故事性作品，就需要把人物置于危境之中，来激发出这个人物的选择。写故事和剧本最重要的一点，或者说写剧本同写小说最重要的不同点就是——人物必须时刻处在压力之下。“人物要处在压力之下”，这句话在之前很多的编剧课程、讲座，包括好莱坞好多骗钱的教材里面会看到，任何人都知道，但是必须要有一种把人物逼到压力之下的能力，得把压力做到实处。压力与选择，是写剧本特别重要的两点。这是常识，但我们经常忽略。

故事本身没有什么无法破译的秘密，故事的秘密就是两点：一点是选择和压力，另一点是人物关系。我们可以把人物关系放在最重要的位置，怎么说它重要也不为过。什么是人物关系，什么是富有张力的人物关系，什么是人物关系的变化，写剧本最重要的是要找到和时代相对应的人物关系。

举两个例子。电影《社交网络》，讲的是一个特别俗套的故事，一个大学生获取了别人的核心创意内容，成了全世界的首富。大家知道 Facebook 是当时全世界最新的社交媒体，它解构了人类对财富的态度。从钱币产生以来，我们一直在处理人同钱的关系。迄今为止，中国影视界所有的乱象都因钱而起。从 2010 年热钱、傻钱进到中国影视界以来，制片人、导演、投资人、编剧、演员都处理不好人跟钱的关系，《社交网络》中则能看到这些人如何在钱面前保持基本的体面和尊严。

中国有一部借鉴《社交网络》形式的电影，叫《中国合伙人》，陈可辛导演也是特别有才华的导演，它的形式模仿得很好，拍得也很好，那些演员也都演到了极致，但是可以发现，《中国合伙人》对财富的态度特别土。中国的故事大都面临这样一个问题：都是大情节的故事，因果关系过大。因为怎么样所以要怎么样，缺少现代化的价值观。中国大部分故事的核心，基本上是两个字：复仇。你得罪了我，我要把你怎么样。《中国合伙人》是用现代化的结构包装了一个复仇的因果关系的故事。我们几十年来在用影像讲故事方面没有什么进步。不要用因果关系去写故事，因果关系是线性的，不能体现生活真理，戏剧的力量来自转折。

还有一部电影叫《贫民窟的百万富翁》，讲的是一个男孩喜欢从小一起长大的女孩，女孩身陷黑社会，他把女孩救回来了。这部电影用最现代化的方式——电视栏目——来作为结构，这就是一种原创。内容有时候很难原创，但如果有一个好的结构，故事就会出现原创性。结构使故事出现新的意义。

第二十九封信　电影就是让人又哭又笑

什么是最好的悲剧？就是悲剧到达了喜剧的边缘。什么是最好的喜剧？就是喜剧到达了悲剧的边缘。

讲故事的艺术就是说话的艺术。只要你能在一部电影或者一部电视剧里边说出不同的话、有见识的话，你就能赢得全世界的尊敬。

2014 年的北京电影节，从世界各地来了很多讲故事的艺术家。让·雷诺老师也来了，但很遗憾，让·雷诺老师的嗓子不争气，没能顽强地适应我们的环境。同时来的还有《三傻大闹宝莱坞》的编剧和导演。电影局的张宏森老师组织了几个中国的电影编剧跟《三傻大闹宝莱坞》的编剧乔希老师进行圆桌对话，希望能听听印度编剧同行的心里话。这个对话我参加了，乔希老师说了一句特别有意思的话："电影就是让人又哭又笑。”轮到我发言的时候，我跟乔希老师说我要把他这句话写出来，贴到我电脑旁边。

乔希先生这句话非常有内涵，它说出了讲故事的本质：当你们能写出一个让人又哭又笑的故事，你们就讲出了时代的故事。乔希老师讲的这句又哭又笑的话包含有《三傻大闹宝莱坞》这部电影的故事形态，它是一部悲喜剧。什么是最好的悲剧？就是悲剧到达了喜剧的边缘。什么是最好的喜剧？就是喜剧到达了悲剧的边缘。我跟乔希老师说的第二点是关于《三傻大闹宝莱坞》的片名，大家都知道，这个电影的本来片名是《三个白痴》。这个电影也被列为“因为片名太差而被错过的好电影”。我跟乔希老师说我持有不同意见。我认为这是一个非常伟大的片名。因为它包含了这部电影的结构。三个白痴在一块儿聚堆了，大家想想，这多有意思。

我跟乔希老师说的第三点是关于文化差异。影视艺术是视觉语言，通行全世界，但它也还是有一些文化表达上的不同。我们讲故事，一定要把这种不同限制在最小的区间之内。被误读的可能越小，被世界接受的概率就越高。比如，我第一次看《三傻大闹宝莱坞》的时候，觉得吊死的人太多了，吊死了两三个。那天我问他是为什么，他说印度青年自杀大都是吊死。

这个问题引起了我的思考。因为中国人自杀的也不少，也有吊死的，但吊死的一般都是苦命的妇女。中国青年自杀大都是跳楼。一个民族，成年人死亡的方式，说明这个民族的过去是什么样的；青年人死亡的方式，决定着这个民族的未来；孩子的生活方式，说明这个民族的现在。要讲出时代的故事，我们就必须明白时代正在发生什么，即将发生什么以及我们想让它发生什么。如何发生和为何发生，是讲好时代的故事的两个必要问题。

这两个必要问题最近一两年被影视界反复讨论。因为电影市场大热，如何讲一个好故事和如何讲好一个故事成为影视界最关心的问题。我也莫名其妙被邀请参加了一些电影编剧论坛。其实我非常纳闷儿，因为我是一个电视剧编剧，为什么要请我参加电影论坛呢？我开始以为是中国电影界终于发现了我的电影编剧才华，我终于要时来运转了，要红了，但参加了几个编剧论坛以后，我发现根本不是那么回事儿，原来他们不是发现了我的电影编剧才华，而是发现了我电影失败的经验。他们希望我作为失败的案例，到论坛上来现身说法传经送宝。所以作为一个失败的电影编剧，我的价值比莫言老师、比刘震云老师、比李檣老师、比芦苇老师、比邹静之老师这些人的价值大得多，因为中国还有一句非常重要的俗话：失败是成功之母。所以我一直在闭门思过，为什么失败的总是我。但确实没有思考出答案。

编剧汪海林老师写了一篇文章叫《不找剧作家的剧中人》，我看了那篇文章以后，突然明白了我失败的根本问题，那就是我们到底要拍谁心中的作品。是拍导演心中的电影，还是编剧心中的电影，还是制片人心中的电影？或者演员心中的电影？我希望能拍我心中的电影，但导演只想借你的小手一用，拍他心中的电影。螺丝和螺母没对准，失败就成了必然。

第三十封信　钩子

打乱语序就加了一个钩子，使情绪加强了。

我把所有的戏剧技巧总结为两个概念：一个是钩子，一个是阻力。

钩子，简单来说就是在事物正常的轨道上钩住它并使它转向。细节的钩子，道具的钩子，情节的钩子，思维的钩子，等等。以语言的钩子为例，其他可以举一反三去分析。第一个例子，“天外七八个星，山前两三点雨”，很直白；如果换一下，“七八个星天外，两三点雨山前，旧时茅店社林边，路转溪桥忽见”，就是非常著名的辛弃疾的《西江月》。第二个非常绝妙的例子是泰戈尔的诗：“天空中没有留下翅膀的痕迹，但鸟儿已飞过。”这句话正常的语序应该是：“鸟飞过去了，但没有留下翅膀的痕迹。”如果你这么跟人说，别人一定会说：“那你还想怎样？”当泰戈尔将这句话转换了语序以后，他就将一种失败的苍茫注入了每个人的心头。因为我们都曾有过这样的悲情时刻。我曾经怀疑美国人登上月球是一个骗局，就是因为阿姆斯特朗的那句名言：“这是我个人迈出的一小步，但却是人类迈出的一大步。”这绝不是一个宇航员能说出的一句话。实际上，全人类的作家、诗人中，能写出这样一句带有语言钩子的话的人，也不会有太多。当然，我很快明白这是美国政府预设的一句话。我觉得这是请某个好莱坞编剧写的，因为这句话特别的好莱坞。

第三个例子，是李晨老师致张馨予的公开信。那封公开信里，除了一处有个小语病，其他都语句通顺，而且还有几处小小的语言的钩子，比如：“不想公开是为了感情的发展，愿意公开是因为想过正常的生活。”再比如：“你有你的手段，我有我的生活。”最后一句：“从现在开始，我就是要保护她，用尽我一切可能！”从这几句话能明显地看出这是一个受过训练的写作者写出来的。每个写作者都有自己的语言指纹。所以，就像怀疑美国人登月一样，我看到这封公开信的时候，意识到这封信虽然是李晨老师的意思，执笔者不一定是他，因为李晨老师不一定受过写作训练。就分析最后一句，如果是一个没有受过训练的写作者，他会这么写：“我要用尽我一切可能保护她。”打乱语序就加了一个钩子，使情绪加强了，能看出是专业写作者写的。

但不管是什么样的钩子，内容永远是第一位的。李晨老师这封公开信最大的败笔在于指向了张馨予老师的私德。在任何公开场合及公开发言中，一个人都不应该指责另一个人的私德。一个男人尤其不能指责一个女人的私德，一个男人永远不能指责自己的前女友的私德，这太不绅士了。英国作家毛姆在回忆录里指责了自己的妻子，英国人始终不能原谅他。如果是在欧美社会，李晨老师因为这次发言很可能会失去很多工作机会。但在中国，情况恰恰相反，李晨老师会更火。很多时候，作为中国人，我很难读懂中国。

第三十一封信　阻力

你的故事能不能有价值，取决于你是否发现了社会新的阻力；你的故事好不好看，取决于你戏剧的钩子下得是否准确。

所有的故事，都是有关于阻力的，你的故事能不能有价值，取决于你是否发现了社会新的阻力；你的故事好不好看，取决于你戏剧的钩子下得是否准确。以爱情故事为例，回顾一下故事的流变，看叙事艺术家是如何寻找发现阻力并下钩子的。

爱情是人类最永恒的一个命题，从人类诞生的那一刻起，爱情就变成了我们需要解决的难题，或者说我们享受它的甜蜜也接受它带来的苦恼。在人类不会说话之前，我们表达爱情用肢体语言；发明语言之后，我们会说很多的话，虽然最终还是要到达肢体语言，但是中间是人类漫长的历史和文化史。我们所能找到的最早的爱情故事，包括神话故事，它们爱情的阻力首先来自女方的父母，或者父母共同体，我们也可以称之为长辈。

中国的《天仙配》，还有《牛郎织女》，阻力都是长辈不同意，然后怎么办。这是爱情故事最早的阻力。这俩故事还有一个共同的钩子，可以称为细节的钩子，就是牛郎偷拿了织女的衣服，董永拿了七仙女的衣服，然后织女也跑不了，七仙女也走不掉。中国古代神话中还有一个公鸡打鸣的故事，也是一个渔夫拿了仙女的衣服，仙女走不了跟他成了亲，后来找到衣服飞走了，这哥们儿变成了一只公鸡，对着仙女飞走的方向打鸣。我很不喜欢这个拿衣服的钩子，男人不能随便拿女人的衣服，这太不厚道了。古代故事中有这样雷同的钩子，说明了当时妇女地位低下，社会荒无人烟，衣服可以随便被拿走，而且被拿走就意味着是对方的人了。另外还说明了什么呢，说明了那时候的故事创作水平非常低下，觉得你拿衣服这个设计挺好，那我也拿一件，你要敢说我抄你的，我就说我拿的衣服跟你的不一样。你的是丝绸，我的是麻布，所以谁也没抄谁。

接下来，爱情故事就发展到了双方长辈都不同意，也可以称之为家族血仇。这是一个非常有力量的阻力，就诞生了非常经典的《罗密欧与朱丽叶》，这个家族血仇导致这两个人相爱而不能在一起的故事。《罗密欧与朱丽叶》最大的一个钩子是一个情节的钩子，就是朱丽叶想为赢得爱情假死，却导致罗密欧为情真死，朱丽叶醒来之后，不想独活人间，为情殉葬。这是一个非常伟大的悲剧，也是一个极佳的情节的钩子。

家族血仇之后叙事艺术家找到的新的故事阻力是战争。比如最经典的《乱世佳人》，核心钩子是一个人物关系的钩子，郝思嘉以为自己爱的是艾希里，但最终发现自己爱的是身边的白瑞德，等她发现的时候，白瑞德已离开了她。这是一个经典的钩子，现在很多爱情故事还是这样设置的。

1895 年以后，进入了经典好莱坞时期，1934 年的一部电影是卡普拉导演的《一夜风流》。《一夜风流》的爱情的阻力是地位的不同，今天很多爱情电影都从《一夜风流》中得到了启示。《一夜风流》中有一个高潮的钩子——最后一分钟营救。后来最后一分钟营救泛滥于好莱坞，撒播于全世界。

接下来的经典好莱坞时期出现了非常棒的作品《卡萨布兰卡》，它是一个混合类型，有政治剧的成分，有爱情剧的成分，但它以爱情为核心，爱情的阻力是战争。《卡萨布兰卡》里边充满了各种钩子，细节的钩子，悬念的钩子，人物关系的钩子。在《故事》这本书里，罗伯特·麦基对这部电影有精彩的分析。

1953年的《罗马假日》是一部经典爱情电影，它实际上跟《一夜风流》互为镜像，可以叫“一日风流”。它的爱情的阻力也是地位，跟《一夜风流》的地位的阻力一样，但落差更大，一个是富家女与记者，一个是公主与记者。《一夜风流》是大团圆结局，《罗马假日》是低落式结局，都很好看。经典好莱坞时期一直延续到1967年。1960年有一部特别好的爱情电影《公寓春光》，阻拦这一对人相恋的是权力。《公寓春光》中有一个细节的钩子下得特别好，就是男主人公回来的时候，听见屋里有枪声，非常吃惊，实际上是女主人公开香槟的声音。

1967年开始，美国电影进入了新好莱坞时期。1967年一部特别经典的电影叫《邦妮与克莱德》，它的主类型其实不是爱情片，但是它的内在的线索是爱情，阻拦爱情的是疲倦、无聊。因为1967年美国整个社会进入了一个疯狂、虚无、迷乱的时代，电影就出现了相应的类型，一对无聊的人浪迹天涯。这部电影还有很多隐喻的钩子，比如男主人公的性无能。

1967年还出现了另一部电影《毕业生》，它的阻力是姑娘的母亲。这就回到了我们讲故事最早的时候，最常规性的阻力是姑娘的母亲不同意，但是她不同意的原因非同一般，正好体现了美国那个时代伦理的一个悖反。她不同意的原因是她跟自己女儿的男朋友上了床。这个电影罗伯特·麦基在《故事》一书中也有分析。

1977 年之后，美国电影进入了数码好莱坞时期，故事艺术家不再去寻找新的爱情阻力，他们可以用视觉效果去获取观众，就诞生了 1975 年的《大白鲨》，它是数码好莱坞时期的一个前奏。《大白鲨》之后是《星球大战》，这些故事都是常规性的阻力，但是它的手段是不一样的，它突然带给你很多的视觉奇观。技术使电影出现了新的局面。

在 20 世纪 80 年代初到 90 年代之间，全世界的艺术家都陷入了爱情阻力的常规性之中，再没有找到新的爱情的阻力。这个时候中国的一个导演横空出世，这个导演就是王家卫。王家卫老师在 90 年代中期拍了《春光乍泄》，这部电影动人的地方在于他拍的根本不是同性恋，而是爱情。当大家找不到爱情阻力的时候，王家卫找到了性别的阻力，性别是一种爱情的阻力。是不是拍同性恋都不重要，重要的是他又找到新的爱情阻力，又可以借此考察我们人类的爱情关系。

再回到1933年，1933年有一部特别重要的电影叫《金刚》，这部电影不断被重拍。《金刚》也是个爱情电影，讲的是一只大猩猩爱上了一个人，这种爱当然是不可能的，它的阻力实际上来自种族，这样我们可以发现，只要我们能找到新的爱情的阻力，就可以写好的爱情故事。

时间到了1998年，卡梅隆老师的《泰坦尼克号》出现了，《泰坦尼克号》这个题材之前被拍过《冰海沉船》。《冰海沉船》是当灾难片拍的，卡梅隆老师又把爱情片植入了灾难片的背景中去，这个爱情的阻力也是来自姑娘的母亲，它是常规的，但是它发生的地点不是常规的，是在一艘船上，这艘船没有常规到岸。也就是说当你用的故事元素是常规的时候，你的手段、背景、目的地、故事的载体要非同寻常。

在《泰坦尼克号》之后我们又找不到新的爱情的阻力，到了2002年，李安老师拍了一部《断背山》，《断背山》用的阻力跟《春光乍泄》的阻力相同，但他用了更新的手段。在《春光乍泄》里边性别阻力是唯一的，但是在《断背山》里边，他引入了两个家庭，双方又成家了，接下来如何面对阻力。《断背山》之后，再没有艺术家找到令人耳目一新的爱情阻力。

在这些爱情故事的主要阻力之外，还有一些次要阻力，也出现过很多好的爱情电影。比如失忆。《我脑海中的橡皮擦》就是有关于失忆的，《美丽心灵的永恒阳光》也是关于记忆被抹掉以后的爱情故事，张艺谋导演的《归来》也是关于失忆的。1961 年，戛纳电影节的金棕榈影片《长别离》也是关于失忆的，它有一个非常棒的动作的钩子，就是当所有人都在呼唤那个失忆者的名字的时候，他突然举起了双手——这是在集中营留下的后遗症，然后他开始奔跑，被车撞死。还有一些叙事艺术家会有独特灵感，比如岩井俊二的《情书》，以同名同姓开始，讲述了一个凄美的爱情故事。但这种灵感可遇不可求。

跟爱情故事的类型一样，我们无论写什么样的故事类型，首先都要寻找它的阻力，这取决于我们的智慧；其次我们在阻力中下戏剧的各种钩子突围，这取决于我们的技巧。智慧决定了我们的高度，技巧决定了我们的广度。讲故事是一个艰巨的任务，非天才不能，非有毅力去磨炼故事手艺的天才不能。

第三十二封信　时间的艺术

创作者不应执着于细分观众类型，而是要清醒地划分作品类型。类型是作品的翅膀，会自己寻找观众。

艺术分两种，时间艺术和空间艺术。音乐、小说是时间艺术，绘画、雕塑则是空间艺术。影视作品，从根本上而言，是时间艺术。《故事》的作者罗伯特·麦基说：时间艺术的奥妙在于，把最好的留到最后。我最近在跟导演沈严鼓捣一部电影，前三分之二都想得非常好了，唯独没有高潮。最好的不在最后，这意味着如果就这么干了，我们俩就成了骗子。中国影视界骗子很多，都是大干快上，但我跟沈严觉得还是做个老实人比较好。所以我们如果解决不了最后的高潮问题，就下马。做影视作品的时候，一定要想好最后的高潮问题，有了一个好的结局，基本就可以做一部好电影。反之则不能。

我刚开始学写作的时候，看到过一句话：“艺术源于生活，高于生活。”很多年来，我把它奉为圭臬，但最近有了不同的发现：艺术源于生活，深于生活。虽然只是一字之差，但这之间是天壤之别、云泥之判。我原以为艺术是高于生活的，是用来仰望的，但最近发现生活就是艺术，艺术就是生活，它们是一回事儿。再准确一点说：艺术是生活之根，它从来不会高于生活，而是像我们的心脏一样隐藏于生活深处。

人跟时间有这么几种关系：有人按秒过，有人按年过，有人按辈子过。举一个例子，卖橙子的褚时健老师。他的一生非常曲折，就光说他七十四岁那一年，保外就医后开始种植橙子，橙子挂果需要六年，就是一切顺利的情况下，他得到八十岁才可能有所收益。后来褚时健老师八十岁之后，再次创业成功，这是非常壮丽的行为，非常震撼的人与时间的艺术。这样的人，中国影视界太缺乏了。《狼图腾》这部电影在找阿诺导演之前，找了很多中国导演，但都没有人接。这么一个大 IP 为什么没人接呢？因为要养狼、驯狼，太费时间。中国导演的通常做法是找批狼狗染一下色儿当狼就拍了。

所以如何处理时间，是故事艺术家面临的第一问题，也是人所要面对的第一问题。因为人生从根本而言，也是一种时间的艺术。比如，很多官员被抓，表面现象有两个，一是钱，一是性。其实这些都不是根本原因，根本原因是我们的体制设计让官员从时间链条上逃脱了。官员的时间是按任期过的，他在这个位置上能干三年，他就干三年内能成的事儿。如果一件事情三年之后才能见效，他是不干的，他需要看得见摸得着的政绩。

现在中国影视界的平均时间是多长呢？五年。十年前，中国的电视剧拍给谁看？拍给我国的中老年朋友看。三年前，他们不厚道地抛弃了这些忠实的大姨大妈，拍给“80后”看，“80后”刚找到一点傲娇的感觉就被抛弃了，去年到今年他们连“80后”也不理了，直接砸“90后”了。我的好朋友侯小强老师说得非常形象：“把膝盖献给‘90后’。”现在“90后”也危险了。

我一直在强调，我们可以分类型拍作品，但不要一窝蜂去生产同质性作品，这样很容易把一个题材或一种类型拍死。我们已经这样拍死很多类型和题材了。抗战剧、婆媳剧、家庭伦理剧大都被拍死了，现在的青春剧、偶像剧也长久不了。但我国影视界的同志们，向来是劲儿往一处使，他们不爱划分作品类型，但爱细分观众类型。经常听见某些资深同行，尤其是对发行比较熟的同行说："这个戏，过不了长江，南方观众不认。"我对此感到困惑的是，美国的影视作品为什么越过了太平洋？为什么北京爱看的美剧，上海也爱看，广州也爱看，我们村的人也爱看？难道我们自己的作品之南北区别，比我们跟美国之间的区别还大？所以，创作者不应执着于细分观众类型，而是要清醒地划分作品类型。类型是作品的翅膀，会自己寻找观众。

接下来是空间。空间是时间的载体。现实中时间是无限的，尺度太大，而人类感受无限的能力很差，几千年来也只有爱因斯坦、牛顿、霍金等少有的天才能感受无限并感受到了一点什么。也有些没有能力的人想去感受无限，这些人的结局大多要么是出了家、出了事，要么是信了仁波切。有消息说北京朝阳区活跃着三十万仁波切，三十万是夸张了，但三万是有的。为什么仁波切活跃在朝阳区？因为北京的有钱人大部分住在朝阳。有钱人中容易信仁波切的又以影视圈大腕儿居多，大腕儿也大都住在朝阳。其实仁波切在朝阳区更多担当的是心理医生的功能。但我国人民没有看心理医生的习惯和风气，有个心理医生人家会觉得这人傻了，有个仁波切人家会觉得这人牛了。

大部分人感受无限的能力少，所以我们在现实生活中更多感受的是空间。空间虽然也是无限的，但可触可摸。比如，你住在杭州，要从杭州到北京出差，住哪个宾馆，走哪条路，这都是空间，很多时候我们都是这样用空间概念生活的。在影视作品中，情况刚好相反，时间是空间的载体，电影是一百分钟左右，电视剧每集四十五分钟左右。这个故事中的时间非常重要，因为它是有限的，有限带来了张力。也就是说，在故事中，时间是有限的，但空间是无限的，上天入地下海都可以。所以在故事中，我们最终感受的是时间。因此从根本而言，故事是时间的艺术。但这并不是说空间不重要，实际上，影视的形式感首先由空间呈现。电影是 1895 年 12 月 28 日在法国巴黎的咖啡馆诞生的，它为什么没有诞生在我老家村里，没有诞生在其他地方？因为当时巴黎是一个艺术与商业的中心。由此可以发现，电影从一诞生就打上了工业烙印，就带着建筑的高低纵深关系，就具备城市基因，就充溢商业气息。

电影诞生的现场有这么几样事物：摄影及放映器材，被摄物及演员，摄影师（兼导演及制片人功能），观众，咖啡馆（放映场所，后来叫电影院），电影票。里边没有编剧。这说明，在影视艺术中，编剧处在一个非常尴尬的位置上，他不是影视艺术的开国元老，他既重要又不重要，既必须存在又很容易在拍摄中被抛开。所以至今编剧们依然要为自己的尴尬位置而努力。

第三十三封信　抛开地域

真正的作家，是人性作家，是写根本性的作家。

我曾在网上看到一篇文章，叫“上海的文化景观——从一则老故事说起”。这篇文章的作者叫李劼，李劼一向喜欢哗众取宠，他还在网上发表过一篇骂北京文化人的文章，叫《北京文人墨客的皇权意识和中心话语情结》，连标题都起得这么拗口，应该让《知音》杂志的编辑教教他怎么起标题。从这篇骂北京文化人的文章可以看到一个批评家能不学无术到什么程度。在《上海的文化景观》里，他主要批评了两位写过上海的作家——李欧梵和王安忆。他认为这两位作家没有写出上海的精神气质和文化底蕴。那么，李劼老师认为上海的精神气质和文化底蕴是什么呢？他讲了一则老唱片的故事。说上海有个小开，和他后妈生活在一起。小开有张唱片，叫《月亮河》，经常约了朋友一起听。“文革”期间，红卫兵上门抄家，就想抄这张唱片，但一直没找到。最后把小开的后妈，一个美丽风雅的女性，带到一个房间里审问拷打折磨了三天三夜，但这个女性始终没有说出唱片的下落。那个女人被放回来以后，就跳楼自杀了。“文化大革命”结束以后，那张唱片又出现了，他们又重新聚到一起，倾听《月亮河》的旋律。于是，李劼老师通过这个故事，下了这样的结论：上海这个城市的精神气质，上海人对现代文明的执着，对自由不可遏制的向往和忠诚，几乎全都凝结在这个故事里了。他又说：“我还相信，这样的事例，只有在上海才会发生。”

李劼老师的错误在哪里呢？这个老唱片的故事实际上是我的一位朋友讲给张献听的，张献又转述给了李劼，李劼再转述出来已经面目全非，价值观都改变了。一个女性因为唱片被摧残被折磨，三天三夜啊，其他人竟然还不赶紧把唱片交出去，还藏家里干吗？别说《月亮河》了，就是《广陵散》也赶紧交出去啊。全宇宙都没有比生命更美妙的音乐。当然，李劼老师犯的主要错误除了这个价值观，还有方法论，把人性当成地域性，把树根当成了枝条，本末倒置了。老唱片的故事是人性故事，可以在全世界任何一个地方发生。

关于地域性，大家都知道东北地广人稀，以前是禁地，所以我们山东人活不下去，就闯关东，到了那儿就活下去了。东北因为地广人稀，所以人跟人离得远，见面往往是先喊着说话的：“哎，大嫂子，借你家个笸箩用用。”说话需要起嗓儿。所以地域基因起作用了，东北出流行歌手，老一辈的有那英、孙楠、孙悦、庞龙、胡海泉等，年轻一辈的有毛不易、玖月奇迹、梁博等。可以说层出不穷。再来看湖南，是山区，地势陡峭，人跟人见面往往一高一低，见面时说话要把声音送上去：“哎，大妹子，你那小背篓借我用用呗。”声音要尖，要细，否则送不上去。所以大家可以看到，民歌手多出自湖南。比如李谷一、张也、宋祖英、陈思思、雷佳等。那到了没有地势，只有一望无际的地平线的时候呢，比如到了草原，走老半天也见不到人，这时候人就喊给自己听，就出现了长调，它不再是交流用的，它是抒发自我用的。所以腾格尔只要一唱到蓝蓝的天空清清的湖水，他眼睛就闭上了，这是地域基因带给他的演唱风格。回过头再来看我的老家山东。我们山东人闯了关东就是东北人，东北人出流行歌手，那山东人是不是也应该出呢？结果是不出，在这方面几乎是被剃了光头。这是因为什么呢，因为山东多丘陵地带。地势多起伏，拐弯，人跟人见面，声音送不出去，只能走近了说话。我们山东把说话叫拉呱儿。所以山东出了一个中国最会拉呱儿的人，叫孔子，他的主要著作叫《论语》，其实就是说话。

地域性充斥在我们的日常生活之中。一言一行，一举一动，都跟地域性有着莫大的关系。但地域性并非人性，并非放之四海而皆准。用地域性来写作或者写人类特性的作家，都行之不远。真正的作家，是人性作家，是写根本性的作家。比如鲁迅，比如汪曾祺。但大部分作家都把时间和才华浪费在了人类的地域性和特性上。

第三十四封信　故事碎片

戏剧不是散文，不是小品，不是段子，不是相声。戏剧是人性的源泉。戏剧必须丰厚如山如海。

◆大纲

写大纲，包括写剧本，切忌直奔结果，要重视过程。结果应在过程之中自然产生。正如绿叶与根的关系。

◆事件

一桩事件，在故事结束之前永远不可结束或中断。事件必须不断传递，如同波峰变成浪谷，浪谷又涌起波峰，一波三折，层层叠叠向前延绵，一直延续到结尾的海滩。

◆人物

人物不能简陋，不能概念化。凡概念化的人物必然简陋。概念化的人物和事件都是思维的第一反应。生活也许这样，但这不是戏剧。概念化的人物和事件，无法进入艺术作品。因为它们没有审美价值。避免概念化的最简单办法就是反着来，实在不行，就再拧一下。再不行，就再拧。因为我们不是要复制生活，我们是要拧出生活中的真理。洗完脸后，想要把毛巾拧干，得反着拧才行。戏剧亦然。

◆假设

故事是人物关系的交错，是反作用力。因此作者的第一反应往往是错误的。即使正确，也应先假定成错误，去寻找另外的可能性。作者必须进入自己的第二、第三乃至更深的反应。因此一个好的作者永远放弃他的第一反应——即便它是不容置疑的真理。

◆转折

人物关系是编剧的核武器。作者必须找到人物关系变化的节点。节点就是情节点，也叫转折点。每一对人物关系都必须具有内在的矛盾性，必须有三到五个乃至更多的转折点。无转折的人物关系是失败的。没有人物关系的变化就什么也没有。是事件和行动导致人物关系发生变化，不是语言，不是段子。一部作品就是由人物关系变化带来的各种事件的变化，最后导致整个故事发生一个不可逆转的变化。不可逆转的变化就是高潮。一部没有不可逆转的变化的作品必然是失败的作品。

◆纠葛

人物得有巨大的前史和潜史。要把人物放在大海里，不要放在一捧水里边，要给予人物更大的浮力和动力。前史就是一个人有意义的过去。能作用于今天的前史才叫前史。人物关系中的人物如果没有前史，没有纠葛，只是简单的物理关系，不会带来戏剧性的化学效果。潜史较难理解，如果直白解释，潜就是深入，就是底部，就是戏剧背后不容易看见的各种戏剧因素。

◆人性

戏剧不是散文，不是小品，不是段子，不是相声。戏剧是人性的源泉。戏剧必须丰厚如山如海。任何小聪明、小俏皮、小智慧都会断送戏剧。戏剧从规模和功能上来说，是最能再现人生深层模式的一种艺术样式。

◆独创

写戏，必须有一个最基本的判断：你写出来的，别人能不能写出来。如果你觉得别人也能写出来，就删掉。

◆平等

所有人物都得成为你的好朋友、好兄弟、好闺密，都得是你的亲人。你和他们同呼吸共命运。刘震云说：“作者不能占人物的便宜——实想占也占不着，占着了就必然吃大亏。好的作者和自己创造的人物是平等的，你必须热爱这些人才能写好这些人。”

◆诚实

要成为一个好编剧，最重要的一点就是：一切问题问自己。问自己的内心。直到你的内心告诉你诚实的答案。一个人就是所有人。

◆思考

人都会欺骗自己。人欺骗自己的原因是偷懒。世界上百分之九十的人都是偷懒的人。编剧尤其不能偷懒，不能成为拖延症患者。真正的人，活着的标志是思维的活着。王小波认为思维是有乐趣的——其实思维不仅仅是乐趣，思维的乐趣在于从痛苦的思考中开出逻辑的花朵。思维必然是痛苦的——当你感到了痛苦，你的思维就有了价值。但条件反射不叫思维。条件反射就是第一反应。

◆捕网

好的戏剧都有一张人物关系之网。人物关系之网是用来捕捉人性真理的。人性很模糊，不可见，但是通过人物关系之网就能捕捉到。编剧的任务是：通过人物关系之网，捕捉可以启迪我们的智慧、温暖我们的情感、震惊我们的真相。在故事里，我们必须用尽所有时空，使我们明白或理解稍纵即逝的不可知的眼前。

◆整体

写作是从内部开始的，从内心向外翻卷，如同从树根到树杪。反之则低端。编剧必须牢记四个字：融为一体。人物、事件、细节、情节、时间、环境、气氛等元素必须是一个融为一体的结实的故事宇宙。连标点符号也必须包括在这一宇宙之内。

◆动笔

想学游泳就到水里去，水性非理论可以教会。剧作亦然。

编剧工作是马拉松比赛，出水也不见两腿泥，要到最后一刻见真章。路上见了。

第三十五封信　类型与现实

优秀的创作者，能清晰地认识自己所处的文化语境，从现实出发，寻找所对应的类型；然后从类型出发，提炼、概括和升华现实，在故事里找到人生的比喻、未知的可能。

类型是影视创作中很重要的一个话题，谈类型必然离不开文化语境和人，这是因为不管什么类型，故事行业始终都是一个由人来表现人的行业。有什么样的人，就会有什么样的故事；有什么样的讲故事的人，就会有什么样的价值观；有什么样的现实，就会有什么样的类型。最后这句话不能反过来讲，不能讲有什么样的类型，就会有什么样的现实。中国影视界关于类型的一切问题的根源，都在于把类型和现实的关系搞反了。

为什么最近几年各个论坛、研讨会都爱讨论电影的类型问题呢？其实就跟我们那小区一样，没有文明养狗，就倡议文明养狗，属于缺什么吆喝什么。先吆喝起来再说，因为类型是中国电影的软肋。

要搞清类型，就要搞清现实与类型的关系。现实在前，类型在后。现实由什么构成？由人。拍电影，首先要观察人。我的好友刘震云，大家应该看过他的书或者电影。有一年，德国歌德学院的院长阿克曼邀请刘震云去德国住两个月，其中有一段时间住在莱茵河畔。刘震云爱散步，歌德学院就安排了陪刘老师散步的人。某天陪刘老师散步的是三个德国朋友，两女一男。刘老师走着走着，突然顺嘴问了德国的朋友一句话，莱茵河有多深？这三个德国朋友一愣，抓耳挠腮，被问住了。甚至他们三个人开了一个会，然后由一位女士跟刘老师说：对不起，刘震云先生，您这个问题我们无法回答。刘老师也是一愣，难道对方误会自己是卧底？到德国来探听莱茵河的情报？莱茵河也不算军事机密啊？ 女士又接着解释：为什么你这个问题我们无法回答呢，因为莱茵河春天、夏天、秋天和冬天的水位是不一样的，我们无法给你一个标准答案，这需要回去查。刘震云一是觉得很震撼，二是觉得很拧巴。因为如果是在刘震云的老家河南新乡王楼镇老庄村，你问村前那条河水有多深，马上就会有人说，两米五！ 或者说，三米四！再不济也会说，咦！深得很哪！前年还淹死过人！我们中国人非常善于把一件事儿说成另一件事儿。对于问题的提出和答案的谨慎，德国人和中国人是非常不一样的态度。刘震云关于莱茵河的故事还没有结束，到了晚上，德国的朋友跟刘震云道别的时候，问刘震云先生，您今天过得愉快吗？ 刘震云是非常聪明的，他立即学会了德国思维，他说：你这个问题我无法给你一个统一答案，因为我今天早晨、中午和晚上的心情是很不一样的。这就是不同地区、不同国家、不同民族带来的不同类型的人和不同类型的思维。

人由人性和地域性构成。人性是普遍的，但地域性是有很大差异的。这就是我想强调的类型并不是普遍的，它与现实相对应。 一个好的故事，或者一部好的电影，一定是从地域性出发，最后直抵人性的深处。在这中间，有一个规律性的形式，保证讲故事的高效性，我们称之为类型。咱们中国的影视界其实不关注作品类型，他们关注观众类型，他们爱细分观众，总爱说你这部戏南方的观众不喜欢，过不了长江。那《权力的游戏》为什么越过了太平洋呢？难道咱们的长江比太平洋还牛？我还见到好多假影视工作者，他们总是这么策划影视剧：给影视剧设计几条线，这条是吸引中老年观众的，那条是吸引下岗工人的，这条是吸引年轻人的。这不叫拍电影，这叫用地沟油和一滴香做乱炖。划分观众类型是愚蠢的，寻找作品类型才是正道。类型是对创作规律性的提炼，但它不是机械的——它时刻在发生变化，以对应生活的变化；它也不是万能的——无论一个创作者多么熟悉类型，类型也不能保证他成功。熟悉类型的意义在于不犯或少犯基本错误。

从广义上来说，电影只有两种：好电影和坏电影。从狭义上来说，电影充满了类型，它分门别类地隐喻了我们分门别类的生活。但并不是世界已有的电影类型，我们都可以有。世界上已有的类型，我们可能有，也可能没有；我们有的类型，世界上可能有，也可能没有。类型牢牢根植于现实，有什么样的现实就有什么样的类型。优秀的创作者，能清晰地认识自己所处的文化语境，从现实出发，寻找所对应的类型；然后从类型出发，提炼、概括和升华现实，在故事里找到人生的比喻、未知的可能。电影不该是资本的奴隶，不该是理财产品，不该是空洞的模仿、盲目的跟风。电影当然是财富——物质财富是它的附加值，精神财富才是它的核心值。电影当然也是货币，但它不是理财货币，而是一种宝贵的社交货币。在对同一部电影的观感和谈论中，人们于曲径通幽处寻找知音，发现彼此，共振内心。

第三十六封信　编剧是背锅侠，更得是信念侠

对编剧来说，不管生活怎样变，信念不能变。编剧要见风沉底、遇水分流，所以我永远是飘来飘去一支笔，年来年去一盏灯。

编剧是写故事的。故事有很多讲述手段，影视是其中一种。在影视创作中，每一个编剧的剧作，都是九死一生。而且剧本是消失在所有的光影后面的东西，你去电影院看电影，如果这个电影特别好，人人都会说摄影师好、演员好、导演好；如果这个电影特别差，观众就会说是编剧的问题。这就是编剧的悲哀，是“背锅侠”，一切影视作品中的问题，好像都压在编剧身上了。这就像一个人，只有心脏不好的时候，才会感觉到心脏。剧本就是影视行业的心脏。

创作能力和制作能力是两种不同的能力。有的编剧有能力

做制片人，有的不能。我本人在剧本上面会多关注一点，但也不排斥做一下监制或制片人的工作。制片人要做的事务性东西很多，要求有很强的协调能力。但以后我们的剧集制作肯定要走欧美日韩的道路，编剧是核心，这意味着编剧要身兼制片人，不再单纯是创作的一个环节。原来中国影视是导演中心制，现在中国的部分电影还是导演中心制，实际上严格来说，是资本中心制。在剧集领域，就成了演员中心制，只有极少的导演除外，如孔笙、郑晓龙、郭靖宇、刘江等，他们原来是居于绝对的核心，但现在也会受到资本和演员等因素影响。过去只要是好故事就一定会问世，现在必须找到制作方想找的演员才有可能。

影视是与大众接轨的，影视数据如果被操控，意味着观众没法选择看什么。 我们希望看到观众真实的意愿，这需要引导，需要梳理，也需要警醒。当我们从电影票房看到观众真实审美意愿的时候，你就知道怎么做类型电影，怎么做艺术片，伍迪·艾伦说："我要拍我这一类电影，我就控制我的成本，我能永远拍下去，我能实现我的商业回报和艺术理想之间有效的平衡。"创作者看到观众真实的审美意愿，就知道如何去调整创作和故事规模。有时候资本和理想之间可以实现一种博弈中的平衡，但当数据为假的时候，你都没办法博弈，创作、商业、平台，你打不通这个渠道，它们就是一个闭合式循环，这个循环不需要你进入，不需要好故事，甚至排斥好故事，这种恶性的循环模式是很危险的。

罗伯特·麦基在《故事》里面有一句话："故事是生活的比喻。"那么好的故事就是好的对生活的比喻。故事是伴随着人类而诞生的，最早在篝火边上讲，后来到了大槐树下。以前讲故事的都是老爷爷、老奶奶，那时候还没有什么完整的故事，都是这些人经历的事情。后来逐渐出现了专门讲故事的人、说书人。在西方就是游吟诗人。再接下来有了广播、电影、电视……故事是人生的必需品，我们在生活中看不清的东西，在故事里可以看清；那些特别不清晰的情感和人性，你会发现在电影里是清晰的，在故事中是清晰的；你所追寻的东西，在生活中是模糊的，在电影里是准确的。这就是故事的意义。

每个人的肉体最多存在一百年左右，但是文学是一千年乃至一亿年的事。人类是"两翼飞行"，科学让我们往外走，而文学则是往内走，往人的内心走。故事不是凭空而来的，虽然跟生活是平行宇宙的关系，但故事体现了另一种逻辑，概括了现实生活的各种状况。目前咱们国家讲故事的能力跟我们国家的整体实力是相同的，我们是发展中国家，我们也是讲故事的发展中国家。

罗伯特·麦基又出了一本新书叫《对白》，对白就是台词，对白在剧集里面是最重要的。在电影里，写台词最好的方法是不写，以视觉的方式来呈现，但并不是说台词不重要，而是说台词非常重要，人物必须在该说话的时候说话，不能说废话，也不能说过度的话。什么叫好的台词？台词必须有转折，举一个例子，陈道明演《手机》里的费墨，有一个场景，他的研究生穿了他的衬衫，第二天洗了还给他，研究生问他：“老师，我师娘是个细心的人还是个粗心的人？”这里有潜台词，因为她怕师娘察觉。我原来写的是，陈道明说“她是个细心的人”，这句是不好的，而陈道明给我把台词改了：“她担心多一点。”话锋一转，不聊细心和粗心的事了，这是漂亮的台词，这种台词极大地提升了人物关系的戏剧性，而且还带有语言的钩子。写台词，最好的一句话，是沈从文说的，沈从文在西南联大教汪曾祺写作的时候，说要“贴着人物写”。汪曾祺写《大淖记事》的时候，十一子快被人打死了，有人说尿碱可以治他，这个姑娘就给十一子喂尿碱，在这个过程中，汪曾祺就写："不知道为什么她自己也喝了一口。"汪曾祺说他写这个的时候流下了泪。这里面有个潜台词，是这个姑娘特别想知道她爱着的这个人，现在承受着什么样的痛苦。这就是贴住人物了。汪曾祺还有一篇小说，里边的人特别聪明，说的话就像名言警句一样，沈从文给他作了批语，说："写对话不能写两个聪明脑壳打架。"我看到的时候，心里"咯噔"一下，因为莎士比亚的戏剧就是聪明脑壳打架，那这里面肯定有什么问题。我继续读汪曾祺的作品，突然有一天，我看到汪曾祺写道："戏剧除外。"小说不能两个聪明脑袋打架，但戏剧可以，戏剧可以用警句来交谈。什么叫戏剧？人物关系发生了变化就叫戏剧。所有的戏剧矛盾都是人物关系发生了变化。所以在艺术世界里面，基本不写正常的人、正常的事。像李樯的《孔雀》，好像写的是日常中静水流深的故事，但事实上每个人物都正处在自己生命的关口上难以渡过。这就是文学、故事，要把人物推到绝境。有一次我跟刘震云聊天，他说作家是个非人的职业，你是孤军深入的，你进入的地方一定不是普通人能进入的。当你再返回日常世界，你再描述你所经历的东西，读者观众才可以进入。但作家进入的黑夜，读者进入不了。当你带着黑夜回来的时候，黑夜才带有光明的价值，否则纯粹的黑夜是没有价值的。作家就是要赋予生活以意义。

写剧本有很多技巧。“拴马桩”是撂地摊的艺人笼住观众的手段，不同的体裁里面，“拴马桩”有不同的叫法，相声里叫包袱，小品里叫梁子，小说里叫悬念，叫法不一样，其实就是“钩子”。后来我把所有的编剧技巧总结成四个字，一个是“钩子”，另一个是“阻力”，不管写任何故事，一定要先找到阻力。比如写爱情，是谁破坏了你的爱情？是战争还是瘟疫，最早当然是门第，但现在你要写门第，就没人看，因为现在的门第不再是主要的阻碍了。的确，故事找到新的模式非常难，但生活每天在发展，当生活发生了变化，你的文学也一定发生着相应的变化，所以世界上的故事是不可能写完的。每天我们都面临着新的审美、新的关系、新的人间的事实，文学必须对此作出比喻。这就是为什么说，好的故事是好的对生活的比喻。

写故事很容易套路。记住，套路不是结构。结构是有艺术性的。早在古希腊，亚里士多德在《诗学》中就提出“悲剧是对于一个严肃、完整、有一定长度的行动的模仿”，对剧而言长度和完整性都很重要。而那个时候，中国人在写诗，我们是个抒情的国家，没有叙事传统。我们有“史”的传统，但史书始终不是具有一定长度的完整的模仿人类行动的故事。中国人很喜欢段子，段子简单且随时都可以形成，但段子也不是故事。中国有许多电影都是段子集锦、段子接段子，而叙事的有机联系很弱。为什么当年《甲方乙方》那么火，《私人订制》就失败了？因为大家看得多了，就明白这没有电影感了。所以，咱们从抒情的传统转向叙事技巧就非常困难。况且整个影视的语法是欧洲和美国联合接力造就的，咱们与西方的叙事技术存在显著的差距。你们去看《功夫熊猫 2》，功夫是中国的，熊猫是中国的，导演是韩国的，三个是东亚的，最后拍出来的还是美国的，这个非常可怕。我们缺乏核心的故事传统，但更加需要的是开放的态度。开放的文化体系对编剧、导演等文化创作者来说特别重要。作家阿城就说，要“素读”，认为作家读其他作家的书，要不带任何偏见，把你的那些防护墙打掉，先纳入自己的体系中来，然后再检查，是你对还是他对。创作也是这样，与世界诚恳地交流，这样写出的东西才好。

目前来说，专业影评人的看与评都不起作用了，加上中国的影评人不是独立的，不像美国的影评人，这辈子和导演、演员打交道都不多，所以美国的影评是观影的独立的风向标。咱们的影评人有的给个红包就来了。虽然影评人收了红包也会说这个片子哪里不好，但有的制片方还会鼓励影评人开骂，越狠越博人眼球，这就变成了一种合谋，骂得越狠，红包越多，就是要曝光度，这也是反向营销的例子。

现在的小说创作是个圈子文化，对读者吸引力不足。文学作品为什么被“挖坟的”占据了市场？因为文学创作很多都是自说自话，作家们形成了一套自我的评价体系，他们的语言一看就是小说家的语言，失去了一滴水进入溪流，进入大江大河的可能。为什么说故事是生活的比喻？鲁迅作品里面的东西是可以比喻生活的，一字一句精确而有吸引力。我有时候在小区里看到妇女抱着孩子念：“床前明月光，疑是地上霜……”孩子可能也听不懂，但这就是李白的魅力，伟大的文学创作能穿越历史的长河，来到一个婴儿的身边，这就是文学的力量。最近这十几年来，咱们的文学能够跟大众产生非常深刻联系的很少。以前的文学是江、是河，现在变成了湖水，这个湖水无论多清澈，无论多深刻，终究是死水。

第三十七封信　意思、意味与意义

谁真正尊重故事，谁就拥有未来。

文学创作有三个层面。第一个层面是有意思，也即有趣，这就是你首先得勾起观众的兴趣，也就是“钩子”；第二个层面是有意味；第三个层面是有意义，你的作品最终得达到这一点。这是创作的三个阶段。好的作品，意思、意味和意义是统一的，不是分隔的，不是说，在一部作品里，那个负责意思，另一个负责意味，这个负责意义。编剧要有表达，这一诉求在跟商业沟通的时候就有困难，商业就是要取得最大公约数，就是说这里面要平衡商业，要寻求观众的最大可能性。资本从来不考虑艺术。为什么需要与资本博弈呢？兰晓龙说的一句话特别好，资本或资本家，可以追求利益的扩大化，但不要追求利益的最大化。这是目前资本市场可怕的地方。资本追求扩大化，我们是可以理解的，但最大化意味着你要造假，你要竭泽而渔，这就是要突破底线了。

当然，资本也不是绝对的，你需要跟它斗争。而且永远不要觉得会有一个环境特别好，资本会顺着你，永远不会。即便环境好的时候一样不可能，你同样需要与它斗争，这是个终生的斗争。单纯的文学创作不用面临这些，但影视文学一出生就需要面临这个，这是伴随一生的，是编剧行业的宿命，而且永远没有摆脱的时候，除非你放弃了自己的审美表达，只想着挣钱，现在这样的编剧、导演、演员很多，不挣扎，就是闷头挣钱。

“小鲜肉”很可惜。我认为这些年轻演员，本来有可能成为“老戏骨”的，但是经过这几年乱象之后，我觉得他们成为“老戏骨”的可能性不大，他们的人格和专业技能都因为被过度消费了，受到了很多不良影响。现在本是他们发展的黄金年代，可他们被打造成了挣钱工具。中国的影视作品都是一种理财产品，他们就是理财产品中的砝码。演员的“声台形表”每天都要练，“小鲜肉”哪有这个时间。他们成为“老戏骨”的可能性不能说完全没有，但概率很低。

最该被同情的还是观众，他们本来可以吃上面包，但是让他们吃地瓜吃久了，他们只会在地瓜之间选择，他们意识不到本来可以吃更好的面包。这样就是在用未来给今天买单。这种损害是源远流长的，是不可想象的。要重新使创作者回到他们本身的创作中去，这就需要时间。然后让资本明白，至少应该跟创作者达到博弈上的平衡，而不是掠夺，这也需要时间。另外，现在国产剧的观众已经大量流失了，高端的精英观众主要看美剧、韩剧、日剧，要召回观众群体需要很长的时间。

剧集这门艺术形式正处在最好的阶段，它还必将更好。代表剧集艺术尖端水准的美剧更是将这一艺术形式从赏心悦目推进到了深刻的程度。因为好莱坞电影的低龄化、奇观化，相当一部分讲故事的手艺人从电影转投了剧集的怀抱，使得美剧大放光彩。在相当长的一段时间内，剧集将是故事的主要载体。但在中国，情况正好相反。很多电影故事虚假悬浮，剧集也一片低迷。对故事手艺的鄙视、对市场元素过度的倚重——比如对大数据、IP 与演员的迷恋，使得剧集恶果流传。但这也是一个必经的阶段。对剧集来说，电视台也好，网络也罢，都是讲故事的平台。很长一段时间内，它们将是竞争对手，当然也还会相互合作，但它们都不起决定性作用。起决定性作用的是对故事的态度——谁真正尊重故事，谁便拥有未来。

创作就是八个字——格物致知，守正待时。格物致知是指磨炼自己的技艺、修养，把手艺练好。手艺包括两个方面：务虚的方面，即价值观；务实的方面，即技术。守正待时是指相信故事的黄金时代一定会到来。

写作是非常深刻、严肃的一门手艺，这手艺不像看上去那样简单。自有门道与机关。写作手艺，尤其是叙事，不经十年历练，难入其门得其道。

第三十八封信　编剧要熟悉环境

我在此提醒所有编剧：生活中，得扎下根；作品里，得有颗心；写作，是生活，不是生意；我们创作为人民，不为人民币。

从“小鲜肉”“替身”“抠图”等话题引发的全民热议，到行业自省以及管理层面具体政策的出台，比如“电视剧繁荣发展十四条”，比如平台公司联手限制演员高价片酬，最近两年来，影视行业还是发生了很大变化的。一个是IP的扑街。现在“小鲜肉”加大IP这样简单粗暴没有任何审美的影视创作模式已经出现颓势，但出于巨大的惯性，此类作品仍然源源不断，甚至直到今天，很多类似的作品还在被炮制。我们也能够看到或者听到，很多这样的作品被电视台退掉，只能在网络平台上消化。网络平台接受这样水准的“理财产品”也并非觉得自己是救世主，而是由其本身的平台属性决定的。网络平台是空间属性，理论上可以同时搁很多作品，只是推送位置不同而已，它最大的竞争是空间性。而电视台还是时间性媒体，每天的黄金档只有一个。另外，“小鲜肉”加大 IP 在网络平台上还能有一定的流量。当然，这流量在一定程度上也是假的。还有一个很大的变化是现实主义的回归。这几年，中国影视的内容可以用这么几个词来概括：挖坟盗墓、神仙乱伦、后宫互斗、僵尸还魂。可以说，怪力乱神成了影视内容里边的主流，这是不可想象的。不是说这些作品完全不能制作，而是它们始终只能是一个调剂，或一个类型的补充。一个国家的影视行业要健康发展，主流核心还必须是现实主义创作及现实主义态度。自从《人民的名义》播出后，大家发现，没有大 IP，没有小鲜肉，但它受欢迎的程度却超过了那些大 IP 和小鲜肉。《情满四合院》，由郝蕾和何冰主演，这两人都不是流量演员，内容也不是大 IP，但在收视和口碑方面却获得了双丰收。这些例子都说明，观众在渴望真正的内容。什么是真正的内容呢？就是扎扎实实地讲一个好故事，对社会有所观照，对生活有所比喻，对人生有所启发。这些变化整体上来说是好的。一个是管理层面政策的出台，对很多乱象做了相应的治理。比如，有遏制演员天价片酬的条款，有针对假收视率和假点击率的条款，还有对农村题材和儿童题材剧目的扶持，这些条款细则的执行虽然不一定那么快，那么彻底，但它已经开始在做了。还有就是行业也开始自省。我注意到，很多公司和视频平台，都在开始叫卖和分销手里囤积的 IP，他们已经意识到了危险。鱼什么时候会到水面上晾晒肚皮呢？缺氧的时候。在我看来，IP 已死，目前任何的喧嚣和口号都是回光返照。我看好接下来的影视局面。我觉得，已经触底了，该反弹了。

最近几年几部纪录片电影的表现值得关注与思考。一部是张扬导演的《冈仁波齐》，一部是由张歆艺资助扶持、郭柯导演的《二十二》。这两部影片都是小成本，内容是内敛的，创作态度是严肃的，跟所谓商业都毫不沾边，但它们在大院线的表现却令人惊讶，票房都超过了一亿。这么谈并不是票房决定论，而是说在以前，除了喜剧，中小成本的影片尤其是严肃影片基本在院线无法生存。但到现在，这些拥有好品质的电影，可以在市场中活下来了。这是真正的生机。因为影视行业最重要的并不是票房，而是心房。还有两部国外的电影也值得关注。一个是《摔跤吧！爸爸》，靠扎实的类型叙述、丰满的人物塑造赢得了票房和口碑。我们的影视创作人热衷于分析大数据，分析观影人群，分析目标观众群，但这部印度电影实实在在地给了这些人一击。阿米尔·汗这些人不会去想中国的小镇青年在想什么，不会去想中国的“90后”在想什么，他们只是忠于心灵和类型，去讲自己认为值得讲并且自己真正相信的故事。中国的电影人总是看到一个类型成功了就去追风、复制，总是不认真研究类型对于故事的意义。我一直在各种场合和媒体上呼吁，我们不要细分观众类型，而是要细分作品类型。不要把观众划为长江以北、长江以南，或“80后”“90后”，这样做没有任何意义，富有情感浓度的作品是垂直的，是打通一切人类心灵的。类型是个方便法门，让故事得以有效讲述。泰国电影《天才枪手》就非常能说明问题，这部电影从一个作弊案开始，聚焦于社会与人生问题，但用了娴熟的类型片创作手法，故事一波三折，也在国内市场站稳了脚跟。这些案例都说明，我们的观众是趋光的，是识货的，只是我们还没有提供出高质量的作品。虽然今年出现了很多好的苗头，但坏的苗头还是有，就是创作态度。从创作上来说，中国影视圈最近这些年是坚定的拿来主义。从韩国拿，从日本拿，从欧美拿，等等。直到如今，相当一部分影视公司的创作出发点还是拍“理财产品”。

我们是农业大国，是农耕文明。农村剧的缺失是非常大的遗憾。还有我非常关注儿童剧的创作。因为没有所谓“市场”，我们的儿童剧几乎是个空白。《家有儿女》之后，几乎见不到儿童剧和儿童电影。希望这个局面有所改观。我一直强调，影视行业的核心是剧本。什么是有生命力的剧本呢？必须具有“生命感”。它是经过思考的，是对现实进行过提炼的，是有温度的。当下很多剧本的创作，是套路化的，是程式化的，是配方式的，只见技巧，不见“生命”。

国内行业的编剧现状依然令人担忧。前几年因为大 IP 剧，涌入了大量的业余编剧，这些编剧没有掌握基本的创作原理，导致很多影视作品在剧作上是零分甚至负分。因为资本需要快速生产，所以很多有良知的编剧，这几年作品很少，使得影视作品整体质量大幅度下降。我们影视行业的产值在升高，而价值在降低。这跟优秀编剧的缺席是有关的。所以，如何使优秀编剧、职业编剧、创作水平在及格线以上的编剧回到行业中来，是当前最迫切的课题。国内创作的市场环境在好转，但还没有回到良好的秩序上来。编、导、演、制、投这五个至关重要的环节还没有完全打通。资本依然是掠夺式投资，竭泽而渔式生产，好作品难有机会，好编剧难以施展。要想把剧本创作环境变好，首先要把假收视率、假点击率等造假环节把控住，一切都是真的了，真作品、好作品就出来了。

编剧创作人才培养的机制并没有建成，编剧基本是自生自灭。在专业院校里边，有剧作专业，但是师资资源、教学实践等环节严重匮乏，所以这里边的学生出来，大概还得有一个十年的生长期，因此也满足不了市场需求。要想建立培养机制，需要自上而下重视并投入进来，相关行业协会也应该行动起来，各专业院校应该引进有丰富创作经验的师资力量等。这是个长期工程，不可能一蹴而就。国内优秀编剧并不少，只是环境不好，我们看不见他们的作品和身影。

中国影视行业跟中国社会的现状是一样的，讲“人情”，讲“人脉”，不利于青年影视人才入场。我们的影视机构和影视人才的对接始终是不畅通的。像美国，有编剧工会，有经纪人制度。编剧写出作品，有成熟的通道。在咱们这儿，编剧是自生自灭的状态，还会受到很多欺骗和忽悠。最近这些年，我跟汪海林、余飞等编剧同行也一直在呼吁和致力于改变这个现状。从长远来看，编剧的经纪人制度也必须建立；从短期来看，希望各相关行业协会能够做一点工作，给年轻编剧牵牵线搭搭桥。最近编剧维权事件可以说层出不穷，这说明咱们的创作环境是薄弱的，不完善的。另外，最近几年，大量劣币进入市场，带来了很多业余作者，可以说，最近几年荧屏和银幕上大部分的剧作是不及格的，是水准线以下的。劣币带来的后果，需要很长时间消化。毫不夸张地说，这些业余作者的作品播出以后，很多成熟编剧的优秀之作会被认为“业余”。因为评价体系变了。原来说一个剧很狗血是贬义，现在如果你的剧不狗血，意味着你的剧不及格。黑白颠倒了。我曾经天真地认为这是不可能的，但它活生生地发生了。我们是一个发展中国家，在故事行业上来说，也是一个发展中国家，所以，我们要沉住气，走得稳。

影视行业的希望在于三点：一、中短期来说是下定决心、执行到底的宏观调控。二、长期来说是针对行业痼疾，制定出台相关的法律条款。比如，针对假收视率、假数据以及抄袭等。三、时时刻刻的行业自治和从业者的自律。有此三点，才谈得上有希望。当下，影视行业的痼疾在两个字：造假。假收视率、假点击率，包括演员的假流量。大量的“文替”也是一种造假。这种造假已经形成了闭合式循环。可以说，如果把造假这个根本问题遏制住，天价片酬、抠图、替身等表象问题就会迎刃而解。当务之急，去伪存真。

作为想浑水摸鱼的人来说，不好的环境就是如鱼得水，对有良知的创作者来说，就是如坐针毡。环境就像一张大网，所有人都在网里。所以我刚才谈到，影视业的希望必须是里应外合，就是宏观必须调控和管控，影视业也必须寻求自治和自律，更需要来自法律的支持。这是一个长期的斗争，是持久战。影视行业，始终是一个手艺人的行业，无论这个行业有多么工业化、产业化，编剧终归还是手工化作业。人工智能时代出现以后，很多人担心机器人越来越像人。而我最担心的是，中国的影视工作者，越来越像机器人，开口我有大数据，闭口目标观众群。所以我在此提醒所有编剧，生活中，得扎下根，作品里，得有颗心，写作，是生活，不是生意；我们创作为人民，不为人民币。

第三十九封信　男编剧创作之十大秘籍

好编剧都必须有女性视角，所以男编剧必须得有一到三个女编剧朋友以打通性别界限。注意，是女的编剧朋友，不是找个女编剧做女朋友。

一、好编剧都必须有女性视角，所以男编剧必须得有一到三个女编剧朋友以打通性别界限。注意，是女的编剧朋友，不是找个女编剧做女朋友。如果女朋友是编剧，或妻子是编剧，你的创作生涯会遇到极大困难，甚至就废了。当然，也有例外，比如卞智弘和吴楠。另外，女的编剧朋友不能超过三个，若超过三个，你就会在女性视角和悖论里打转，就发蒙了。三人行，必有我师。跟三个女编剧同行，你会很快出师。

二、必须得有一个爱好。注意，是一个。如果是俩，基本你人生中写下的剧本要减半。这个爱好最好是能跟人交往的。比如，刘毅潜水，闫刚玩摩托。像史航那样自己在家玩猫不是不可以，但最好能有个跟人一起玩的爱好。

三、要爱吃。对于不爱吃的也要爱尝试，最好是美食活地图。能够为一顿饭穿越一座城市的男编剧，一般来说不会是一个坏编剧。但这也不绝对，因为有好多吃货只会吃。男编剧若能上得厅堂下得厨房为最佳。女人从厨房走向社会，男人要从社会重返厨房。

四、喜欢买单。乙方当久了，很容易不能“甲”天下。买单是激发男性意识的最好机会。并且在餐馆用餐的时候，不欺负服务员，尤其是不欺负女服务员。一个男人品质到底如何，看他用餐时如何对待女服务员就知道了。男性意识要有，男权意识要无。

五、相信直觉。不要相信大数据。不要相信一切来自市场的劝告。如果他们真的掌握了市场的秘诀和观众的喜好，他们绝不会这么好心告诉你。一切跟着市场走的编剧都会看见一个路牌：此路不通。

六、如果不写剧本，也能有其他能力挣到钱。一个只有写剧本能力的男编剧，绝不会是一流编剧。

七、要锻炼自己的口才。不在沉默中爆发，就在沉默中死亡。但遇到女编剧不要一味表现自己，要学会倾听。男人交谈总是围绕政治、军事和足球，看似激昂、渊博，实则乏味无趣。女人一开口，就是是非、八卦、小秘密、家庭、肥瘦等。即便谈政治，她们也喜欢谈政治家的家庭和政治家的女人。这些天然就是故事。

八、有一个写作根据地，在此领域其他编剧跟自己比不了。如果目前还没有，赶紧开辟。把自己变成一个有趣的人。如果不能，就学会欣赏有趣的人并与之交往。如果还不能，改行。

九、认识三十七种以上植物。熟悉流行歌曲，不要喜欢口水歌，但只要口水歌的旋律一起，也能跟着哼哼。也能去听歌剧和交响乐，不要求全懂，但不能睡着。至少有一位自己喜欢的当代诗人，汪国真、余秀华、海子、北岛等都可以，高低不论。当然，最好他还活着，这样能清晰地看见诗意的弧线。

十、最重要的一点，要认为男女不平等。女士优先，女性为上。“永恒之女性，引领我们上升。”没有歌德这种认识的男编剧，只能歌功，很难颂德。

第四十封信　女编剧创作之十大秘籍

创作中不要相信直觉，要相信理性。直觉会把女编剧带沟里去。不要相信一切来自市场的劝告。

一、好编剧都必须有女性视角。所以当你已经注定是一个女编剧的时候，你就已经成功了一半。但要注意，轻易不要跟男编剧成为朋友，更不要让男编剧成为你的男朋友。男编剧来跟你交朋友，要么是套你的生活细节和女性视角，要么对你不怀好意。但如果遇见非常大方——爱买单——的男编剧，可以交往一到两个，以便应不时之需。

二、必须得有两三个爱好，别超过三个。除了染指甲、买衣服、化妆这些爱好，这三个爱好里边最好有一个是开阔一点的，比如喜欢看博物馆，或者喜欢足球。当然，最好不是喜欢中国足球，否则容易伤身或伤神。可以喜欢梅西、C 罗等顶级球星。这样每天都能过得很开心，还获得了一个男性视角。

三、要爱吃，但更要爱美。只要营养均衡了，就不要再多吃了。保持身材的女编剧，比不保持身材的女编剧，更容易度过编剧生涯中的艰难时刻。不要问为什么，生活什么时候讲过理。

四、喜欢买单，但不要轻易买单，除非你混到了女总裁级别。如果在场还有男编剧，决不买单。不是说女性不应该买单，而是要为激发中国男人尤其是男编剧的责任感做出一份努力。最重要的是，在看男人买单的过程中，能看到男人的小和大，这就叫以小见大，也就是传说中的体验生活。如果一个男编剧从来不买单，立即拉黑或远离（其他男人同理，除了自己的亲弟弟）。

五、创作中不要相信直觉，要相信理性。直觉会把女编剧带沟里去。不要相信一切来自市场的劝告。如果他们真的掌握了市场的秘诀和观众的喜好，他们绝不会这么好心告诉你——即便你长得很好看或很性感甚至风骚。一切跟着市场走的编剧都会看见一个路牌：此路不通。

六、女编剧坚决不要在夜里写剧本。要听从上帝的安排，白天工作，夜里休息。记住：剧本不是人生的根本。男编剧首先是编剧，其次才是男人；而女编剧首先得是女人，其次才是女编剧。搞反了容易出事。

七、女编剧尽量少说多听。为了听到一些别人的隐秘故事、内幕细节，适当地也要抖搂一点自己的糗事。但记住：真正的黑材料不要说。因为只要你告诉了一个人，就意味着告诉了所有人。《水浒传》里的英雄好汉都是被谁逼上梁山的？亲人、朋友、自己人。好记性不如烂笔头，别光顾着听，要随时记下有用的素材和细节。女编剧最高的级别，就是修炼成一个女间谍。飞花伤人，撒豆成兵。

八、有自己擅长的一个类型。并且尽量不去突破和挑战自己，尽量不去写其他类型。不要想着广度，想着纯度和深度就行。一个编剧一辈子能写好一个类型就非常了不起了。

九、认识一百零八种以上植物。不要喜欢旅游，但要喜欢旅行（绝不要穷游）。至少有一位自己喜欢的哲学家（即便是装）。喜欢的哲学家最好已不在人世，这样能保证他不会再翻盘，因为哲学家很喜欢以否定自我的方式来获得世界的肯定。不管是女编剧还是女人，一辈子最好都不吃别人的瓜落儿。

十、最重要的一点，除了买单的时候，一定要认为男女平等。要有干翻男编剧以及一切男势力的豪迈精神。世界是男人的，也是女人的，但终究是属于牛人的。

第四十一封信　如何制作一部烂片之十大不传之秘

编剧要多。必须五个以上。如果找不到这么多编剧接力，那么剧本改的次数必须要多。十次以内不够量级，必须改到一百次以上。

一、找一个跨界导演。一定不要有专业背景，但在其他领域必须是风云人物。

二、无论如何，必须得有小鲜肉。有一个恐怕还不能保证制作成一部烂片，至少要有两个。如果三个以上，恭喜你，大事已成。

三、插曲要频繁。怀旧范儿最好，还得是冷不丁响起。讲逻辑就不带感了，要打破逻辑。

四、编剧要多。必须五个以上。如果找不到这么多编剧接力，那么剧本改的次数必须要多。十次以内不够量级，必须改到一百次以上。

五、不要找传统制片人，要找有金融背景的、有海外工作经历的制片人。换言之，制片人也必须是跨界的。

六、万事开头难。一开始就不要想着做一部作品、一个项目，而是做一档理财产品。

七、不打无准备之仗。从剧本开始，就要有数据支持。要充分借助大数据的威力，对剧本、演员、情节、细节等都要有数据分析，以找到目标观众。

八、找 IP。造 IP。蹭 IP。只要沾上 IP，基本就可以在烂片的广阔天地里奔驰了。

九、翻拍欧美日韩的经典电影。

十、最有效的一招儿，就是把自己变成一个烂人。

后记　在光阴里心怀期待

北京很大。有一天我在东四环，去西四环看望一个朋友。出发前天空骤变，飘下一阵雨水。我打电话给那个朋友，让她不要站在门口等我，以免被雨淋湿。她在电话里愣住，然后笑了，她说她那里天空晴朗，丝毫没有雨水来袭的迹象。城市大，真好。晴朗与湿润并存，绝望与希望共生。不知道哪个方向飘来的一阵风就吹掉你的草帽，也不知道哪个角落里伸出来的一双手恰恰温暖你的孤单。

刚到北京的时候，我住在南四环外一个叫马家楼的地方。我就读的中央戏剧学院成人教育学院坐落在这里。但我更喜欢它的另一个名字——花乡。花乡地处偏僻，但四周却种满了花儿。玫瑰、菊、满天星、百合、康乃馨……各种各样的花儿在这儿悄然生长。北京花店的大部分花儿和每年国庆节天安门广场上的花阵都出自这里。每天晚上临睡前，我都会深吸一口气，似乎能够闻得见空气里丝丝缕缕蔓延的花香。这些花香，降临在我漂泊此处的每一个梦境。其实那些花儿，我一朵也没有见到。它们都被笼罩在温室里悄然生长。但我确实知道它们存在。一朵，两朵，一朵又一朵，等待着给生活锦上添花。

两年之后，我离开了那里，搬到了西五环外的苹果园。苹果园是一号线地铁的终点站。从这里下车以后，再步行二十六分钟，就能到达我所住的那个叫雍王府的村子。我在这个村子租了一间平房继续我的漂泊之旅。在这间月租一百五十元的平房里，我度过了在北京最为艰难的一段生活。那个时候，我两手空空，悬挂在北京庞大城市的边缘。

村子边上，有一座山，叫虎头山，再翻过去，就是北京著名的景点八大处。在那里逗留的八个月里我一次也没有去阅读过这些风景。那里给我留下印象的是房东大爷和大娘。他们都六十出头了。大爷每天早晨起来的第一件事就是把水管子接到水房上边高高的水桶里，让太阳把水桶晒热，中午的时候一院子的人就用这水桶里的水洗澡。这个动作他做了有几十年了，年年如此。冬天到了的时候，大娘每天早晨一早就会敲院子里各家各户的窗户，屋子里的人应声以后才放心离开，她怕大家煤气中毒。但她唯一不敲的是我的窗户，因为这个时候，才刚刚是我即将睡觉休息的时间。

离雍王府两站路的地方，是一个叫西下庄的小镇。我每天傍晚步行到那里吃一碗酸辣粉。那一间临街的小铺做的酸辣粉是我吃过的最好的酸辣粉。如果愿意再花一块五毛钱，就能喝一瓶燕京啤酒。后来我一直想回去吃一碗酸辣粉，但终是一个不曾实现的奢望。

离开雍王府是在一个早春二月。我搬到了老北京的心脏地带琉璃厂。这次是住在一个四合院里。房东老杨胖胖的，爱喝酒、逛街，爱招呼几个人吹牛。他是典型的老北京，说话不离“丫”，喜吃炸酱面。这座四合院据老杨说，是北京的龙头。而我住的那个房间，则曾经供奉过吕洞宾的仙位。感谢吕仙人的真气，让我渐渐元气充沛。

但琉璃厂也只是一个短暂驻留的小站。那一年春去夏溜秋归冬至的时候，我搬到了北四环外一个叫北辰的地方居住。然而那依然不是最后一站，我还在潘家园和虎坊桥住过。这些我曾短暂驻留的地方，都成了我生命时光里不可或缺的小站。我在这些光阴的地址里漂流，记取或者遗忘那些擦肩而过的人和事。

许多如我一样的人在这座城市的时光里流转，有的已经离开，有的还在来的路上。他们每个人都是一段故事，要么是故事的开始，要么是结局。如果一时兴起，也许能成为故事的转折和高潮。我一直对我遇见的每一个人都心怀期待，也包括对我自己。

我常常为此追问，那个走在斑马线上黯然哭泣的女孩的泪水到底来自何处？那对在复兴门地铁站里游荡的中年男女为什么天天在那里无语拥抱？菊儿胡同里那两个拥抱的中学生的姿势能坚持多久，很多年后他们还记得在白杨树下的这一切吗？我曾看见过一扇高高的窗子里面飘出了一堆纸的碎片，那上面曾经记载了什么，又为何而碎？我曾在大望路的地铁口看见一个女小偷抱着一个孩子无助地张望，她偷了一整个傍晚却还是两手空空，我知道她怀中孩子的奶粉钱还在别人的口袋里，但她要偷到什么时候？

我看着他们。而谁在另一个地方看着我，像我试图记取别人一样记取我？而我又是故事的哪一个部分？所有人的故事都在悄然生长，结局未知。我所能知道的是：所有的光阴，正在显影我们的情节；所有的故事，都是光阴的故事。

图书在版编目（CIP）数据

给青年编剧的信. 2.0／宋方金著. 一北京：中国工人出版社，2020.4

ISBN 978-7-5008-7338-9

Ⅰ. ①给… Ⅱ. ①宋… Ⅲ. ①电影编剧—基本知识 ②电视—艺术—编剧—基本知识

Ⅳ. ①I053.5

中国版本图书馆CIP数据核字（2020）第039159号

给青年编剧的信. 2.0

出 版 人　王娇萍

责任编辑　宋　扬　严　春

责任印制　黄　丽

出版发行　中国工人出版社

地　　址　北京市东城区鼓楼外大街45号　邮编：100120

网　　址　http://www.wp-china.com

电　　话　（010）62005043（总编室）（010）62005039（印制管理中心）
　　　　　（010）62379038（社科文艺分社）

发行热线　（010）62005049　（010）62005042（传真）

经　　销　各地书店

印　　刷　三河市东方印刷有限公司

开　　本　880毫米×1230毫米　1/32

印　　张　7.25

字　　数　116千字

版　　次　2020年6月第1版　2020年6月第1次印刷

定　　价　48.00元

影视文学剧本委托创作合同

委托人（甲方）：

公司名称：

法定代表人：

公司地址：

联系电话：

受托人（乙方）：

编剧姓名：

身份证号：

联系电话：

常住地址：

合同签订地：　　　　　　　　合同签订日期：

甲乙双方经充分协商，就甲方委托乙方创作 电影 / 电视剧 剧本事宜，根据中华人民共和国《著作权法》及《合同法》等法律法规的规定，达成以下协议，双方共同恪守执行。

第一章　剧本

第一条　甲方委托乙方创作如下剧本：

1. 剧本名称：

2. 剧本类型：

3. 剧本的每集长度及集数（电视剧剧本）/ 长度（电影剧本）

4. 剧本设计：（基本创意阐述、简单大纲，见附件）

5. [*可选项，如果是改编剧本*] 剧本依据《______》（原作品）进行改编，原作品作者授权书由甲方提供（见附件）。

第二章　剧本著作权

第二条　剧本著作权归属原则：

依据《著作权法》第十条、第十七条等相关条款，双方约定，在履行本合同第四章相关付酬条款基础上，在本合同约定的条件范围内，该剧本著作权可以约定由甲方 (委托方) 享有，亦可约定由乙方 (受托方) 享有。享有方自剧本交付之日起，在 5/10/20……50 年之内 对该剧本拥有相应著作权利。

（如下第三条、第四条是选择条款）

第三条　剧本著作权归属甲方　*【乙方（创作者）仅是劳务付出，非权利人】*

1. 甲方拥有本合同约定创作剧本的著作权

发表权，即决定该剧本是否公之于众、以何种形式公之于众；

修改权，在创作过程中，因乙方的创作不能达到本合同第十四条约定标准和要求时，甲方在支付相关阶段稿酬后，有权按自己的需要 自行 / 重新安排他人 对该剧本修改（或续写、改编）；

摄制权，将该剧本拍摄成 电影 / 电视剧 的权利；

复制发行权，该剧本在全球范围内、以各种语言文种、各种出版物形式（含图书、报刊、电子出版物等形式）出版并发行的权利；

表演权，对该剧本进行公开表演的权利；

广播权，对该剧本通过各类电台、电视台广播的权利；

信息网络传播权，将该剧本以任何形式在互联网上传播，使公众可以在其个人选定的时间和地点获得作品的权利；

改编权，在该剧本基础上进行改变，创作出具有独创性的新作品的权利；

翻译权，将该剧本从中国汉语转换成其他语言文字（含中国地区少数民族语言文字）的权利。

需要约定的其他著作权利。

2. 乙方对创作剧本著作权的保留

双方约定，在不影响甲方合法行使本合同第三条第一款权利的前提下，乙方（创作者）拥有以下权利，即乙方保留以下权利：

署名权，乙方（创作者）有权在该剧本上署名，署名方式为 编剧 / 剧本策划 / 改编（剧本改编者）/ 第几编剧……，乙方有权排除未经其许可的、任何未参与创作的其他人在剧本上署名。甲方对该剧不享有署名权。/ 甲方享有署名权，其署名顺序为第二……。

如甲方中途安排他人续写、修改和改编时，续写 / 修改 / 改编人 有权以 编剧 / 改编者 方式署名，但不得损害乙方的署名权，署名的先后顺序依据创作部分的比例大小确定。

获得酬劳权，依本合同第四章之约定获得相应足额稿酬。

第四条　剧本著作权归属乙方 【*乙方（创作者）是权利人，委托方获得许可，仅有使用权*】

1. 甲方对本合同约定剧本著作权获得的授权范围：

摄制权，将该剧本拍摄成 电影 / 电视剧 的权利；

发表权，即决定该剧本是否公之于众、以何种形式公之于众；

修改权，在创作过程中，因乙方的创作不能达到本合同第十六条约定标准和要求时，甲方在支付相关阶段稿酬后，有权按自己的需要 自行 / 重新安排他人 对该剧本修改（或续写、改编）；

复制发行权，该剧本在全球范围内以各种语言文种、各种出版物形式（含图书、报刊、电子出版物等形式）出版并发行的权利；

广播权，对该剧本通过各类电台、电视台广播的权利；

信息网络传播权，将该剧本以任何形式在互联网上传播，使公众可以在其个人选定的时间和地点获得作品的权利；

改编权，在该剧本基础上进行改变，创作出具有独创性的新作品的权利；

翻译权，将该剧本从中国汉语转换成其他语言文字（含中国地区少数民族语言文字）的权利。

需要约定的其他著作权利。

2. 甲方对创作剧本著作权的行使和乙方的权利限制：

双方约定，甲方在履行本合同第四章付酬条款基础上，乙方就自己创作的剧本（独创的部分），在本合同第四条第一款授权范围内，授权甲方行使著作权。

为保证剧本的质量，甲方可以安排他人对该剧本续写、修改和改编，并给予 续写 / 修改 / 改编人 以 编剧 / 改编者 方式署名；但不得损害乙方的署名权，署名的先后顺序依据创作部分的比例大小确定。

第三章　双方其他权利义务

第五条　甲方保证与承诺：

1. 甲方担保并声明甲方有完整之权利及授权签署本合同；
2. 甲方保证于本合同存续期间内，不签署任何与本合同权益相冲突之合同；
3. 甲方保证在本合同签署后______年内使用该剧本（拍摄及发行、广播等）；
4. 甲方保证在影视剧音像产品上市初赠送乙方音像制品 10 套，剧照 15 张，海报 5 张；
5. 其他。

第六条　乙方保证与承诺：

1. 乙方担保并声明乙方有完整之权利及授权签署本合同，依本合同约定创作的剧本不含有侵犯他人著作权和其他权益的内容。

如因上述权利的行使侵犯他人著作权或其他权益，经仲裁机构或者人民法院裁决认定，甲方因此造成的经济损失（给第三方的赔付等），由乙方负责赔偿。

2. 乙方保证甲方在本合同生效后在授权地区拥有本合同规定之权利，包括在本合同签订前，未接受任何第三方以与甲方相同的方式创作合同约定之剧本，也不在本合同有效期内为任何第三人创作相同题材的剧本。

第七条　荣誉的共享

1. 如果该剧获奖，乙方有权参加颁奖仪式，差旅费由______ 方承担，甲方应按照国家规定，将有关奖金按照__% 比例分配给乙方；

2. 影片在国内首映、研讨，或参加国内外电影节展出、竞赛等活动时，甲方应邀请乙方参加，差旅费由____方承担。

第八条　影视作品审查报批环节的授权书与本合同的关系

基于国家影视审查许可相关法规，甲方在项目报批阶段，需要提交乙方剧本授权书，若此时甲方尚未全额支付本合同约定之报酬，则此**授权书**并不代表甲方真正获得本合同授予之相关著作权，甲方不得使用剧本拍摄和发行影视剧，否则乙方有权要求甲方停止拍摄，并按照本合同第四章约定之报酬给予双倍赔偿。

第四章　报　酬

第九条　本合同采取第________种方式支付报酬：

1. 甲方分四次支付稿酬（适用于电影）；

2. 甲方分五次以上支付稿酬（适用于电视剧）。

第十条　采取本合同第十一条第 1 种方式支付的：

1. 稿酬总额为：人民币________________万元。

2. 稿酬支付方式为：

- 双方签订合同三日内，甲方支付定金______________元整 (10%)；
- 乙方完成第一阶段初稿工作，甲方认可后，支付一期稿酬______________元整（40%），支付时间为________年________月________日；
- 乙方完成第二阶段修改工作，甲方认可后，支付二期稿酬_______________元整（30%），支付时间_______年________月________日；
- 乙方完成第三阶段工作，提交剧本修改定稿，甲方认可后，支付稿酬_____________元整（20%），支付时间为__________年________月________日。

第十一条　采取本合同第十一条第 2 种方式支付的：

1. 稿酬总额为：人民币______________________元（RMB：____）；

2. 电视剧每集____________________________元；

3. 稿酬支付方式为：

- 双方签订合同三日内，甲方支付定金____________元整 (10%)；
- 乙方完成第一阶段工作，提交全剧故事大纲和人物设计，甲方认可以后，要求支付一期稿酬________________元整 (10%)；
- 乙方完成第二阶段工作，提交分集故事大纲，甲方认可后，支付二期稿酬____元整 (15%)；
- 乙方第三阶段工作分____次结算，每次提交正式对白剧本（剧情时长不少于 45 分钟）____集，甲方认可后，支付稿酬______________元(　　%)，__次共计____________元整（60%）；
- 乙方完成第四阶段工作，提交剧本修改定稿，甲方认可后，支付稿酬_____________元整（5%）。

第十二条　纳税

本合同约定之乙方报酬，均为税后报酬。甲方应为乙方代扣代缴有关税款。

第五章　剧本交付与认可

第十三条　剧本交付：

1. 交付剧本规格：

（注：电子版或纸介版，电子版要注明邮箱）

2. 交付确认：

剧本发到指定邮箱后，甲方应回复确认函件，若一周内没有答复，则视为甲方已经收到，以乙方电子邮件发件箱信息为准。

第十四条　剧本认可：

1. 乙方在完成各个阶段创作，将成果提交给甲方后，甲方应分别在一周内提出书面修改意见，否则，即视为甲方认可乙方提交之剧本；

2. 双方对剧本最后定稿的认定标准，在不存在重大争议分歧时，以相互诚信协商确定；

3. 可以上级审查机关的通过，如国家广电总局重大革命和历史题材审查小组的意见；

4. 可以剧本参赛征文获奖的标准认定；

5. 可以通过邀请______位双方认可的影视剧本专家组织论证会，以客观标准评定。

第十五条　剧本修改：

1. 在本合同约定的每一个工作阶段完成后，乙方根据甲方的合理意见，对本阶段工作成果进行必要的修改和调整，并且在得到甲方的书面通过后，方继续进行下一阶段的创作；

2. 由于乙方每一阶段都是在经过双方通过的上一阶段成果基础上进行工作，若甲方要求对已经书面通过的创作成果进行修改，须与乙方协商解决，若改动过大，乙方可要求追加报酬，或终止合同而不承担任何责任。

第十六条　交付时间：

双方商定的创作日程为：

第一阶段工作，在____年__月__日前完成；

第二阶段工作，在甲方支付一期稿酬后______日内完成；

第三阶段工作，每次提交剧本均在收到上一期稿酬后______日内完成；

第四阶段工作，在甲方支付三期稿酬后______日内完成。

第六章　保密

第十七条　剧本内容保密：

双方约定，对于剧本（电子版或纸介版）均负有保密不对外泄露的责任。

第十八条　其他商业秘密的保密：

甲乙双方承诺关于双方往来期间所获知的对方之商业、财务信息等往来资料、文件、图片、档案，无论口头或书面，均不得对第三人泄露，也不利用其做本合同以外目的使用，此约定于本合同终止后仍然有效。

第七章　合同终止

第十九条　提前终止本合同：

本合同有效期间内，遇到下列情况之一，合同终止自书面通知发出后 3 日内生效。

1. 因不可抗力事件，无法继续履行本合同的；

2. 一方严重违反合同有关条款，另一（守约）方可以单方面解除本合同（包含但不仅限于本合同第二十、二十一条之情况）；

3. 根据合同规定行使单方合同解除权，并不表明其放弃向违约方追索违约金和赔偿金。

第二十条　甲方单方面终止合同：

1. 若乙方工作不能达到甲方要求，导致本合同不能继续履行时，甲方有权单方面终止合同；

2. 甲方单方面终止合同后，乙方已收的款项不再退还甲方，甲方已经支付报酬的剧本或半成品及相关著作权归甲方所有；

3. 甲方有权委托其他编剧进行进一步创作。

第二十一条　乙方单方面终止合同：

1. 乙方提交创作成果后，甲方未能在约定时间内给予乙方修改意见，并且未能在乙方提交创作成果两周内支付相关稿酬，乙方有权单方面终止合同；

2. 乙方单方面终止合同后，已收的款项不再退还甲方，乙方创作的剧本或半成品著作权归乙方所有；

3. 合同终止后甲方不得再行使本合同之权利。

第八章　违约责任

第二十二条　违约责任：

除不可抗力因素外，任何一方如严重违反本合同之约定，另一方有权解除合同，并要求对方赔偿造成的实际损失及救济的合理支出费用。

第九章　其他约定

第二十三条　前期费用：

有关为写作剧本要求深入生活采访的费用及前期创作必需资料的购买费用，经双方商定，由______方承担，支付费用______________元。

第二十四条　不可抗力：

因战争、叛乱、火灾、爆炸、地震、天灾、洪水、干旱或恶劣天气，以至于无法送达、无法供给、无法生产，或者政府法令而造成之破坏、损失、迟延等耗损，双方各自的损失自行负担，直至不可抗力事件结束为止。

第二十五条　合同修改：

本合同非经甲乙双方书面同意，不得任意修改或变更，如需修改或变更，双方应通过协商达成一致后签订补充合同，作为本合同附件。

第二十六条　法律适用：

本合同适用中华人民共和国相关法律，有关本合同的解释、履行等相关事宜皆适用中华人民共和国法律。

第二十七条　争议解决：

双方因合同的解释或履行发生争议，由双方协商解决。协商不成，采用下列第_____种方式解决：

1. 由 _______ 仲裁委员会仲裁；

2. 向原告住所地或合同签署地或合同履行地等具有管辖权的人民法院起诉。

第二十八条　特别约定：

1. 若甲方根据乙方剧本拍摄完成之电视剧的实际集数，超出本合同约定集数。甲方应按照本合同约定之每集剧本单价，按照实际集数补充支付乙方超出部分稿酬，方视为支付完全部稿酬。

2. 对于甲方由该剧的衍生产品，乙方将主张一定比例的分成____________%。

3. 影片在超出授权外地区和国家发行收入，乙方将获得______% 的利润分成。

第二十九条

本合同一式两份，自合同签订之日时生效，附件与本合同具有相同法律效力。

（委托方）甲方： **（受托方）乙方：**

住址： 住址：

法定代表人： 法定代表人：

授权签字人： 授权签字人：

年　月　日 **年　月　日**

影视剧本著作权许可使用合同书

授 权 方（以下简称甲方）：
编剧姓名：
身份证号：
联系电话：
常住地址：

被授权方（以下简称乙方）：
公司名称：
法定代表人：
公司地址：
联系电话：

合同签订地：

合同签订日期：

甲乙双方经充分协商，就甲方拥有著作权之________（剧本）授予乙方使用事宜，根据中华人民共和国《著作权法》及《合同法》等法律法规的规定，达成以下协议，双方共同恪守执行。

第一章　剧　本

第一条　授权剧本

1. 剧本名称：

2. 剧本类型：（电影、电视剧）

3. 剧本的集数与长度：

4. 剧本完成时间：

5. 剧本是否已发表：

6. 首次发表国：

7. 著作权登记证书号码：

第二条　剧本著作权所有人

1. 剧本作者：

2. 作者国籍：

3. 剧本著作权所有人为：

（1）剧本作者：

（2）职务剧本著作权所有人：

（3）经过转让后的剧本著作权所有人：

（需附：著作权转让合同、著作权转让登记证书）

第三条　甲方授权地位为：

1. 剧本著作权所有人；

2. 委托授权人；

（注：需附委托书）

3. 转授权人。

（注：需附授权书）

第二章　权利许可

第四条　许可权利种类

甲方授权乙方使用以下剧本著作权

[*以下范围可以选择，可以分别选择许可或不许可*]：

摄制权，将该剧本拍摄成 电影 / 电视剧 的权利；(　　　　　　　　)

修改权，乙方在使用该剧本时可以根据需要对剧本作必要的改动，但不得损害和影响剧本的完整性，不得歪曲和篡改该剧本的原意；(　　　　　　　　)

复制发行权，该剧本以 图书、报刊形式（不含电子出版物形式）/ 各种出版形式（含图书、报刊、电子出版物等形式）出版并发行的权利；(　　　　　　　　)

广播权，对该剧本通过各类电台、电视台广播的权利；(　　　　　　　　)

信息网络传播权，将该剧本以任何形式在互联网上传播，使公众可以在其个人选定的时间和地点获得作品的权利；(　　　　　　　　)

改编权，在该剧本基础上进行改变，创作出具有独创性的新作品的权利；(　　　　　　　　)

翻译权，将该剧本从中国汉语转换成其他语言文字（含中国地区少数民族语言文字）的权利。(　　　　　　　　)

需要约定的其他著作权利：

第五条　许可方式：

1. 专有使用权许可

（注：如果专有，应明确是否排除甲方，否则视为排除含甲方在内的任何人使用。）

2. 非专有使用权许可

第六条　许可使用地域范围：

中国境内（不含港澳台地区）/ 中国（含中国大陆、港澳台地区）/ 全球范围内

第七条　许可使用期限：

两年，自合同签订之日起，至____年__月__日止。

第八条　授权语言：

中文（国语版、粤语版）/ 英文版等

第三章　报　酬

第九条　本合同采取第________种方式

1. 一次性支付著作权使用费；

2. 分两次支付著作权使用费；

3. 基本著作权使用费用 + 项目分成。

第十条　采取本合同第九条第 1 种方式支付

1. 著作权使用费为人民币__________　元；

2. 支付时间为____年__月__日。

第十一条　采取本合同第九条第 2 种方式支付

1. 著作权使用费总额为人民币______________元；

2. 著作权使用费第一次支付时间为____年__月__日，金额为__________________元（占总额____%）；

3. 甲方修改完成后，乙方支付剩余著作权使用费用为：__________ 元（占总额____%）。

第十二条　采取本合同第九条第 3 种方式支付

1. 基本著作权使用费用为__________________________元，支付时间为____年__月__日；

2. 项目分成方式为____________________总收入的　____%。支付时间为____年__月__日。

第十三条　纳税

本合同约定之甲方报酬均为税后报酬，有关税款由乙方为甲方代扣代缴。

第四章　其他权利义务

第十四条　署名权

1. 署名方式：

2. 署名位置：

甲方的署名应在影片作品中，在________之前位置，以单幅画或者二人幅画面（　　　　　　）署名编剧，为第____________位编剧；

3. 在乙方相关影视作品的海报、音像作品、音像作品封套、新闻宣传、新闻发布中，不得侵害甲方署名权；

4. 未经甲方许可，乙方不得在“编剧”职务中增加署名和更改署名次序。

第十五条　修改权和保持作品完整权

1. 未经甲方授权，乙方不得擅自修改剧本，如需另请他人修改剧本，必须事前征得甲方书面同意；

2. 甲方允许乙方在影片拍摄过程中根据实际情况对剧本进行必要修改，但涉及更动重大情节内容，调换人物关系，更改片名等，应得到甲方的书面认可；

3. 凡经国家广电总局重大革命历史题材领导小组批准通过的剧本，乙方不得修改；

4. 乙方须保持剧本作品的完整，不得篡改，不得断章取义，不得更改剧本的主题、时间和历史背景、人物定位、故事结局等剧本基本要素。

第十六条　荣誉权

1. 使用本合同约定剧本拍摄的影视剧获奖，甲方有权参加颁奖仪式，旅差费由____方承担。获得国家政府奖励，乙方应按照国家规定，将有关奖金及时奖励给甲方。

2. 影片在国内首映式或者研讨会，参加国内外电影节展出竞赛，乙方应邀请甲方参加。

第十七条　授权书

基于国家电影电视审查许可的相关法规，乙方在项目报批阶段，需要向政府主管部门提交甲方剧本授权书，若此时乙方尚未全额支付本合同第三章约定之报酬，则此授权书并不代表乙方获得本合同授予之相关完整著作权，乙方不得使用该剧本拍摄和发行影视剧，否则甲方有权要求乙方停止拍摄，并按照本合同第三章约定之报酬给予双倍赔偿（见本合同附件 1）。

第十八条　转授权

乙方仅以本合同约定行使授权，甲方__同意或者不同意__再转授权任何第三方。

第五章　保证与承诺

第十九条　甲方保证与承诺

1. 甲方担保并声明甲方拥有完整之权利及授权签署本合同，本授权不含有侵犯他人著作权或其他权益的内容。乙方如因使用甲方授予之权利而导致侵犯他人著作权或其他权益，经仲裁机构或人民法院裁决，乙方有权向甲方主张赔偿。

2. 甲方保证乙方在本合同生效后在授权地区拥有本合同规定之权利，包括在本合同签订前，未授权任何第三方以与乙方相同的方式使用本合同约定之剧本，也不在合同有效期内将本合同授予乙方的权利以与乙方相同的方式再授予任何第三方使用。

第二十条　乙方保证与承诺

1. 乙方担保并声明乙方有完整之权利及授权签署本合同；

2. 乙方保证于本合同存续期间内不签署任何与本合同权益相冲突之合同；

3. 乙方保证在本合同签署后________年内使授权剧本拍摄出品；

4. 乙方保证在此剧音像产品上市后__日内，赠送甲方音像制品 10 套，剧照 15 张，海报 5 张。

第六章　剧本交付

第二十一条　剧本交付时间（注：建议在乙方支付一定的著作权使用费后）

第二十二条　交付剧本规格（注：电子版或纸介版页数、电子版要注明邮箱）

第二十三条　交付确认

1. 甲方剧本交付乙方，乙方应提供签收凭证；

2. 甲方剧本发到乙方指定邮箱后，应通知乙方。乙方应于一周内提交确认函件，或提出异议，否则视为乙方已经收到。

第七章　保　密

第二十四条　保密原则

1. 甲乙双方承诺关于双方往来所获知对方之商业、财务信息或文件、图片及档案等相关资料，无论口头或书面，均不得对第三人泄露，也不得利用其做本合同以外目的使用，此约定于本合同终止后___年仍然有效；

2. 双方对于本合同约定之剧本（电子版或纸介版）均须保密，不得对外泄露，防止被他人剽窃盗版。

第八章　合同终止

第二十五条　提前终止本合同

本合同有效期间内，任何一方未经对方书面同意，不得擅自终止本合同，但遇到下列情况之一，可提前终止本合同，合同终止书面通知自发出后 3 日内生效，合同终止后乙方不得再行使本合同之权利：

1. 因不可抗力事件，无法继续履行本合同的；

2. 一方严重违反本合同有关条款，另一（守约）方可以单方面解除本合同；

3. 根据本合同约定行使单方合同解除权，并不表明其放弃向违约方追索赔偿金。

第九章　违约责任

第二十六条　违约责任

除不可抗力因素外，任何一方如严重违反本合同之约定，另一方有权解除合同，并赔偿给对方造成的实际损失及救济的合理支出费用。

第十章　其他约定

第二十七条　前期费用

有关为写作剧本深入生活采访的费用及前期购买创作所需资料的费用等，经双方商定，由________方承担，支付费用______元。

第二十八条　选择导演与主演

为了确保剧本拍摄质量和市场推广，导演和主演的人选由双方协商确定。

初步达成共识，导演要求__________等人，主要演员要有__________、_________等级别的演员，最终，双方达成一致意见为止。

甲方放弃或不放弃对于导演和主演的选择权利的主张（　　　　　　　）。

第二十九条　不可抗力

因战争、火灾、爆炸、地震、天灾、洪水、干旱或恶劣天气，以至于无法送达、无法供给、无法摄制，或者政府法令而造成之损失、迟延等，双方各自的损失自行负担，直至不可抗力事件结束为止。

第三十条　合同修改

本合同非经甲乙双方书面同意，不得任意修改或变更本合同内容，如需修改或变更，双方应通过协商达成一致后签订补充合同，作为本合同附件。

第三十一条　法律适用

本合同根据中华人民共和国法律构建，有关本合同的解释、履行等相关事宜皆适用中华人民共和国法律。

第三十二条　争议解决

双方因合同的解释或履行发生争议，由双方协商解决。协商不成，采用下列第___种方式解决：

1. 由________________仲裁委仲裁；

2. 向原告住所地或合同签署地或合同履行地等具有管辖权的人民法院起诉。

第三十三条　特别约定：

1. 若乙方根据甲方剧本拍摄完成之电视剧的实际集数，超出本合同约定集数。甲方应按照本合同约定之每集剧本单价，按照实际集数补充支付乙方超出部分稿酬，方为支付全部稿酬。

2. 对于该剧的衍生产品，甲方主张一定比例的分成______________%。

3. 影片在超出授权外地区发行收入，甲方将获得______________%的利润分成。

4. 本片插曲的歌词，要征求甲方的意见，共同商定方能采用。

第三十四条　本合同一式两份，自合同签订之日时生效，附件与本合同具有相同法律效力。

甲方：　　　　**乙方：**

法定代表人：　　　　法定代表人：

授权签字人：　　　　授权签字人：

年　月　日　　　　**年　月　日**

附件：授 权 书

剧本著作权许可使用授权立项通知书

授权方：

编剧姓名：

身份证号：

联系电话：

常住地址：

电子信箱：

被授权方：

法人姓名：

公司名称：

身份证号：

联系电话：

根据广电总局《电影剧本（梗概）备案、电影片管理规定》中第六条办理电影剧本（梗概）备案手续，要求提供“电影剧本（梗概）版权的协议（授权）书”，鉴于双方在　　年　月　日就电影剧本《　》已经签订了著作权许可使用合同书，且乙方已经正式列为计划拍摄的项目，正在备案申报阶段，需要甲方著作权人出具授权书，依照该著作权许可合同书第十七条约定，甲方同意将拍摄使用权授权乙方，并允许乙方用于备案公示，特别通知如下：

授权剧本版权名称：

被授权人：

授权地区：中华人民共和国大陆地区（香港、澳门、台湾地区除外）

授权方式：

授权期限：2 年

授权日期：

授权说明：

1. 目前被授权方支付给剧本著作权人全额稿酬之______%，倘不拥有完整使用权，合同倘在执行中，根据报批立项的要求，同意备案立项，待全部稿酬付清，将给予正式授权确认书。

2. 鉴于被授权方已全部付清稿酬之________%，拥有完整拍摄使用权。此影片在最后审查报批表，请验证著作权人署名无误，授权方则确认对于剧本版权的完整授权。

授权方：

被授权方签字盖章：

年　月　日

电视剧、网剧剧本委托创作合同

甲方合同编号：

乙方合同编号：

本合同由下述双方于　　年　月　日在　　市　　区签署：

甲　　方：＿＿＿＿＿（委托方）

地　　址：

法定代表人：

联 系 人：　　　　　　　联系方式：

电子邮箱：

乙　　方：＿＿＿＿＿（被委托方）

地　　址：

法定代表人：

联 系 人：　　　　　　　联系方式：

电子邮箱：

乙方编剧：

身份证号：

地　　址：

鉴于：

1. 甲方是依法注册成立并从事影视制作的法人单位，正在计划摄制电视连续

剧或网剧《　　》（暂定名）（以下统称“该剧”），今后如更改所拍摄该剧的名称，不影响本合同的有效性。

2. 乙方是依法注册成立的影视文化工作室，乙方有能力向甲方推荐甲方所需编剧____（笔名：　），以及提供相应的影视策划服务。

3. 合同条款中乙方与乙方编剧视为相同主体，以下统称为“乙方”。

根据《中华人民共和国著作权法》《中华人民共和国合同法》及其他相关法律法规规定，甲、乙双方在平等自愿的基础上，经友好协商，就甲方委托乙方创作电视剧文学剧本一事，达成以下合同条款：（本合同部分条款前后可能存在矛盾，仅供甲乙双方分别参考使用，如不适用可自行选择删除）

第一章　工作内容及要求

第一条　剧本名称

1. 剧名：《　　　》（暂定，根据原创小说《　　》改编）

2. 剧本类型：电视剧 / 网剧

3. 剧本集数：（暂定）

4. 剧本长度：45 分钟。

5. 原著小说：《　　　》（作者：　），出版时间：　　　出版社：

ISBN：　　　　　（首发网站：网址：　）

第二条　工作内容

双方商定，乙方按照以下第____种方式进行工作：

1. 根据甲方要求，为本剧编写原创文学剧本；

2. 以____享有著作权的文字作品《　》为基础，改编成电视剧文学剧本；

3. 对未定稿的电视剧文学剧本进行修改、润色直至定稿。

第三条　基本要求

1. 编剧人员要求：

（1）必须由乙方代表____亲自完成。

（2）可以由乙方代表____选派的助手协助完成，但主体工作及质量把关，须由乙方亲自完成，乙方选派助手（名单见附件，注明：原名、笔名、身份证号）专职为甲方完成本合同项下剧本的创作、修改工作。

（3）乙方____创作的剧本应当为乙方编剧本人亲自完成，创作过程中乙方需聘请专职助理____名提供辅助工作，乙方需就辅助人员姓名、辅助事项及署名方式等征得甲方书面同意，如乙方内部因该剧本创作产生任何纠纷，乙方自行解决，与甲方无涉，但不得影响本合同约定的工作进度，不得损害甲方利益。必要时甲方有权要求乙方在指定的时间和地点完成本合同项下的剧本创作及相关工作。

（4）如乙方需增加其他编剧，应通知甲方，甲方根据实际情况确认是否认可，如甲方同意增加，则新增编剧的稿费由乙方负责，甲方不需额外支付费用。

（5）指定编剧对乙方在本合同项下的义务和法律后果承担连带责任。

（6）除本协议另有约定外，如甲方另行委托其他编剧（甲方指派的编审、策划等不实际参与创作的人员除外）参与该剧本的创作，应事先取得乙方书面同意，并与乙方协商确定创作分工。乙方有权拒绝此种创作安排。如双方未能协商一致，乙方有权退出该项目并不视为乙方违约，双方根据乙方已创作内容据实结算。

2. 地点要求：乙方工作地点为：

（1）任意乙方认为适合的地点；

（2）甲方指定的地点。

3. 形式要求：剧本大纲、人物小传、分集大纲、分场、对白剧本。

体裁为电视剧剧本，剧本共____集。

字数要求：

故事大纲，____字以内；

分集大纲，每集不少于____字；

分集分场，每集不少于____字；

对白剧本，每集不少于____字，且每集场次原则上不少于____场戏。

第二章　工作流程

第四条　工作流程

1. 第一阶段——工作筹备阶段

本合同签订之日起____日内，甲方向乙方交付工作所需的全部资料、文件（包括但不限于：创意阐述、简要大纲、授权文件等）及第一期服务费。乙方在收到第一期服务费之后____日内熟悉原著作品及相关资料（或进行相关采访），并

与甲方一起确定总体创作思路。

2. 第二阶段——故事大纲提交

乙方收到第一期服务费并确定总体改编思路之日起____日内，乙方完成故事大纲和人物设计交付甲方，甲方认可后____日内向乙方支付第二期服务费。

3. 第三阶段——分集大纲提交

乙方以____集为一个单元、分____次向甲方交付分集大纲：

乙方收到第二期服务费之日起____日内，向甲方交付____集分集大纲，甲方认可后____日内向乙方支付第三期服务费的____%；乙方收到前述服务费之日起____日内，向甲方交付第____集分集大纲，甲方认可后____日内，向乙方支付第三期服务费的____%；依此类推，直到剧本分集大纲全部完成，第三期服务费全部支付完毕。

4. 第四阶段——分集剧本提交

双方商定，乙方以____集为一个单元、分____次向甲方交付分集剧本：

乙方收到第三期服务费之日起____日内，向甲方交付____集分集剧本，甲方认可后____日内向乙方支付第四期服务费的____%；乙方收到前述服务费之日起____日内，向甲方交付第____集分集剧本，甲方认可后____日内，向乙方支付第四期服务费的____%；依此类推，直到分集剧本全部完成，第四期服务费全部支付完毕。

5. 第五阶段——全本修改、补充

乙方收到第四期服务费之日起____日内，甲方有权对完稿提出整体修改或补充要求（详见本合同第九条第2款），修改完毕后____日内向乙方支付第五期服务费。

6. 补充说明

乙方上述各阶段工作成果一经甲方认可，甲方应按照约定按时支付相应的服务费用。乙方已收取的经甲方认可的工作成果所对应阶段的全部服务费用均不再退回。

第三章　服务费及费用支付

第五条　服务费总额

1. 服务费

双方商定，服务费为每集人民币____万元，大写 ____元整。服务费总额为人民币约为____元，大写 ____。

甲方采取分期付款方式支付乙方（详见本合同第二章规定），每期服务费金额约定为：

（1）第一期服务费：____元整，大写：元整，占总服务费的____%；

（2）第二期服务费：____元整，大写：元整，占总服务费的____%；

（3）第三期服务费：____元整，大写：元整，占总服务费的____%；

（4）第四期服务费：____元整，大写：元整，占总服务费的____%；

（5）第五期服务费：____元整，大写：元整，占总服务费的____%。

2. 补集条款

如该剧剧本实际创作完成的集数超出本合同约定集数，则甲方应以本合同约定的单集价格为标准，另行向乙方支付补偿服务费。付款进度参考第四条及前款约定或于剧本创作完成后一次性付款。

如果本剧在电视台播出，本剧完成片经相关国家管理部门审查通过的集数超出此前已付服务费的剧本集数，甲方按国家管理部门颁发之电视剧发行许可证上列明的集数，以上款约定的单集价格为标准，在甲方获得发行许可证之后____日内一次性补齐所有剩余集数费用。

如果本剧在网络平台播出，本剧完成片经相关国家管理部门或网站审查通过的集数超出此前已付服务费的剧本集数，甲方按国家管理部门颁发之网剧发行许可证上列明的集数或网站最终认定的播出集数，以上款约定的单集价格为标准，在甲方获知上述具体发行集数之后____日内一次性补齐所有剩余集数费用。

如果本剧在电视台和网络平台同时播出，则按二者中较多的集数作为标准补齐所有剩余集数费用。

3. 甲方如未能按本合同规定支付报酬，乙方有权单方解除本合同，有权拒绝参加工作，已经收取的酬金不予退回，甲乙双方因本合同产生的一切权利义务即告终止。

4. 乙方收款账户为：

公司名称：

公司开户行：

公司账号：

5. 乙方在收取甲方每笔服务费之后，应向甲方出具同等金额的正规发票。

甲方发票内容信息如下：

名　　称：

地　　址：

电　　话：

开 户 行：

账　　号：

统一社会信用代码：

第六条　纳税

服务费支付过程中产生的相关税收，按照以下第____种方式执行：

1. 本合同约定之服务费均为税后价款，因本合同服务事项产生的全部税费由甲方承担，涉及乙方个人所得税应该由甲方代扣代缴，甲方应于每期款项支付后____个工作日内向乙方提供完税证明。

2. 本合同约定之服务费均为不含税价款，甲方按照对应税率计算增值税后，按照价税合计金额支付相应款项。

3. 本合同约定之服务费均为含税总金额，双方自行向税务机关申报、缴纳其各自税费。

任何一方未如实履行上述纳税申报义务，由其自行承担相关法律责任，与相对方无关。

第七条　其他费用

乙方按照甲方要求到指定地点工作或其他为完成本次工作而进行的必需性辅助工作（包括但不限于：剧本协调会、研讨会、前期调研、采访等）过程中产生的有关食宿、交通等费用由甲方承担，如乙方先行垫付的，甲方需在费用产生日起____日内予以实报实销。上述费用为实际支出，如涉及任何税费，由甲方负担。

第四章　剧本交付、认可与修改

第八条　剧本交付

1. 交付介质：

本合同项下剧本，须采取以下第____种方式交付甲方：

（1）当面交付；

（2）电子邮件交付（本合同首部列明之指定邮箱）。

2. 交付确认：

以“当面交付”形式交付剧本的，应由甲方指定的联系人（本合同首部已列明）签署确认，交付日期以签署日为准；以其他方式交付剧本的，剧本发到指定邮箱后，甲方应回复确认函件或邮件，若____天内甲方未给予上述回复，则视为甲方已经收到，交付日期以乙方发送电子邮件时为准。

第九条　剧本认可与修改

1. 乙方交付的所有工作成果由甲方指定审稿人____（身份证：__________）决定是否通过，不得中途更换审稿人或加入第三人参与审稿工作，否则乙方有权按本条第 5 款处理。乙方交付各阶段剧本后，甲方应在交付确认后____天内提出书面修改意见，否则，视为甲方认可乙方交付之剧本。

（1）甲方拥有该剧本的审稿、定稿权和要求乙方按甲方意见对该短片主线、人物、场景、情节以及文字表述进行修改的权利，并对乙方提供的故事创意、大纲、初稿、定稿等给予书面或口头修改意见和书面认可确认。甲方对剧本的艺术创作拥有最终决定权。

（2）剧本大纲的认可标准：乙方负责剧本大纲的创作，剧本大纲应表述出文学剧本的立意，阐明乙方在思想内涵及其外延两个方面的感悟，概括描绘文学剧本的主要线索、主要事件、基本冲突、主要人物、人物关系的主要纠葛和剧本的总体风格等。故事大纲不应少于 8000 字，应能清晰地将文学剧本的主要情节线条和主要人物进行连接，形成一个完整的故事框架；人物描写应表述出文学剧本中主要人物的鲜明性格特征、主要经历以及和剧中其他相关人物的纠葛。

（3）剧本初稿的认可标准：各集创作内容丰富，符合前期的大纲与故事梗概，达到甲方对于剧本文学性与商业性的要求，单集剧本长度不少于分集规定时间；剧本字数每集不应少于 15000 字（以电脑统计不计空格的字数为准），原则上不少于 45 场。

（4）甲方有权随时了解乙方剧本创作的进展情况，并对乙方完成的剧本进行审查，乙方不得拒绝。

2. 剧本修改

（1）甲方享有剧本的最终修改权，在合同约定的每一个工作阶段完成后，乙方应当根据甲方的合理意见，对本阶段工作成果进行修改和调整，并且在得到甲方的认可与通过后，方继续进行下一阶段的创作。每阶段的修改次数以三次为限。

（2）若经过三次修改稿仍未达标，甲方有权不再继续合作，解除本合同，乙方已获款项不需退还，甲方不再向乙方支付后续稿酬，甲方已确认并支付完成的阶段性工作成果的著作权全部归甲方所有。

（3）鉴于本合同约定的第一至第四阶段剧本已通过甲方认可，故甲方要求乙方按照第五阶段工作流程修改、润色全剧剧本时，应以书面形式一次性明确提出，且该修改要求不得涉及剧本实质内容（如不得要求违背已定素材及剧本基本走向致使乙方重新整体构思等）且修改、补充要求涉及改动事项不得超过已完成剧本的____%（比例按照修改、补充的实有正文字数除以已完成剧本的正文字数来计算，如双方另有其他计算方法，可另行商议）。

（4）由于乙方创作的每一阶段都是在经过甲方审定通过的上一阶段创作成果基础上进行工作，若甲方要求对已审定通过的创作成果进行修改，须与乙方协商解决，若改动过大，乙方可要求追加服务费，或终止合同而不承担任何责任。

（5）当乙方的剧本大纲经甲方确认通过后，甲方不得再提出超越大纲框架或导致创作方向改变的修改意见和要求，否则乙方可要求追加稿酬，或终止合同而不承担任何责任。

3. 乙方上述各阶段工作成果一经甲方认可，甲方应按照约定按时支付相应的服务费用。乙方已收取的经甲方认可的工作成果所对应阶段的全部服务费用均不再退回。

4. 通常情形下，乙方应于甲方认可并支付该阶段服务费后进入下一阶段工作，如因剧本修改、服务费支付等原因导致乙方无法及时进入下一阶段工作，则本合同第四条规定的交付期限相应顺延。

5. 甲方如需超出本合同约定时间、内容、方式修改剧本的，需征得乙方同意，如继续聘请乙方修改，需与乙方另行协商完成方式并另行支付报酬；如另行聘请他人修改的，需在修改人员、修改内容、修改方式等方面征得乙方同意的情况下进行，且不得侵犯乙方基于本合同所享有的权利。乙方创作的剧本一旦经甲方认

可并投入拍摄，相关制作人员未经乙方同意不得擅自修改剧本。

6. 如双方对交付剧本是否符合工作要求及修改要求、工作流程是否合理及其他方面存在异议时，经双方友好协商____日内仍无法达成一致意见的，乙方有权以书面通知的方式选择以下第____种方式处理：

（1）乙方已收的款项不再退还甲方，甲方应付而未付的阶段性服务费及费用应立即支付，尚未达到支付条件的服务费及费用不再支付，剧本或半成品及相关著作权归甲方所有，甲方有权另行委托他人进一步创作，但甲方继续使用乙方已完成的剧本或半成品，乙方对剧本仍享有署名权；

（2）乙方将甲方支付的所有款项退还，同时收回乙方创作的剧本或半成品及其相关著作权。

第五章　权利归属

第十条　著作权一般约定

1. 关于剧本的权利归属：

（1）甲乙双方在任何一个创作阶段终止合约后，乙方已收取报酬的剧本部分（包括但不限于该剧剧本故事大纲、人物小传、分集 / 分场剧本、初稿、终稿及各阶段修改稿）的全部著作权及其他知识产权、衍生开发权利及收益权等相关权益自创作完成之日起永久归甲方享有。乙方承诺，不得以任何理由，对该剧剧本提出保护作品完整性等其他任何权利要求。

（2）甲方拥有剧本的修改权，在任何一个创作阶段终止合约后，甲方有权按自己的需要安排他人对乙方所创作的该剧剧本内容进行修改、续写或改编。续写 / 修改 / 改编人有权以“编剧 / 联合编剧 / 改编”或类似方式署名，但不得损害乙方的署名权，署名的先后顺序依据创作部分的比例大小确定，甲方对此享有最终决定权。

如甲方最终使用了乙方提供的全部分集内容，甲方需保证乙方的编剧第一顺位署名权。

2. 关于影视剧的权利归属

（1）甲方自始独家享有根据剧本摄制、制作的该剧在全世界范围内的完整、永久著作权、其他知识产权、衍生开发权利以及收益权等一切相关权利，包括但

不限于：一切与该片有关的角色名称、人物造型、肖像、服装、道具、场景设置、对白、动作、剧照、音乐、歌曲等图文、音频视频的所有权。

（2）甲方行使上述权利无须再经过乙方同意，亦无须额外付酬。但不得有损乙方形象及名誉。

3. 乙方享有以下权利：

本合同第十条第 4 款规定的署名权；

依本合同第四条、第五条之约定获得剧本创作服务费的权利；

乙方享有该剧本和该剧本改编成的印刷版小说作品、网络小说作品及教学课件的发表权和信息网络传播权（并享有为了实现上述发行及网络传播目的而进行复制、发行、广播、翻译、汇编的相关权利）。

4. 署名权约定

如乙方完成本合同约定的全部创作及修改任务并得到甲方认可，乙方享有完整署名权，任何与编剧相关的署名方式都须经乙方同意。其行使方式约定如下：

（1）乙方代表____有编剧或总编剧的唯一署名权，同时也有将乙方团队编剧加入总编剧或编剧署名之列的权利；乙方团队中的其他参与人员有权署名“文学策划”。

（2）本项目以任何方式、在任何载体上出现时，只要在项目标题周围标出有任何主创人员（包括但不限于导演、主演、制作人）的名字，必须同时标出乙方按上述标准要求的编剧署名；编剧的所有署名须以显著位置、公众易于识别的方式列明（在电视剧完成片上乙方的编剧署名必须单屏或单幕表现，位置必须在与导演相邻的前方或后方，不得与任何其他演职人员共用一屏或一幕），甲方不得以任何手段直接或间接剥夺乙方上述署名权，否则乙方有权收回乙方创作部分内容的版权并不退还相关费用。

（3）乙方有权排除未经其许可的、任何未参与创作的其他人以“助理编剧、编剧、总编剧、联合编剧、改编编剧、二（多）稿编剧、定稿编剧、台词编剧、剧本指导”等任何与编剧或剧本有关的方式在剧本或完成片上署名。策划、总策划、文学策划、文学编辑、编辑、责任编辑、统筹、文学统筹的署名不受此限。

（4）乙方享有放弃署名的权利。

（5）如乙方未能全部完成本合同约定的全部创作和修改任务并得到甲方认可，

乙方署名权行使方式约定如下：

如乙方代表及乙方团队已经完成第四阶段工作（剧本初稿）并得到甲方认可，但因故退出剧本修改工作之后，乙方相关人员仍然拥有联合编剧第一顺位编剧署名权。甲方可以聘请第三方人员续写、改编、润色剧本，第三方相关人员只有文学策划的署名权；如乙方代表及乙方团队已经完成第四阶段工作一半以上（即超过____集剧本初稿）并得到甲方认可，但因故退出剧本创作之后，乙方相关人员仍然拥有联合编剧第一顺位编剧署名权。甲方可以聘请第三方人员续写、改编、润色剧本，第三方相关人员只有第二顺位编剧署名权，即署名的位置、顺序不得在乙方之前或明显较乙方突出显著。如乙方代表及乙方团队只完成第三阶段工作（分集提纲）并得到甲方认可，但因故退出剧本初稿创作工作之后，甲方可以聘请第三方人员续写、改编、润色剧本，乙方相关人员只能有第二顺位编剧署名权；如乙方代表及乙方团队只完成第二阶段工作（故事大纲）并得到甲方认可，但因故退出分集提纲和剧本创作之后，乙方相关人员的最终署名方式由双方协商解决。

第十一条　权利限制与保留

甲方享有本合同第十条约定之相关权利，须以下列要求为前提：

1. 甲方按照本合同第二章、第三章之约定足额支付服务费及其他必要费用，最后一笔服务费及其他必要费用足额支付后甲方即获得上述权利；

2. 在甲方按本协议约定履行款项支付义务且按本协议约定取得剧本内容的相关权利的前提下，乙方应配合甲方出具相关权利说明文件以供甲方进行行政审批、备案以及发行所需；

3. 在未满足上述条件下，乙方基于项目报批过程中必要的行政审批或其他需要，为甲方出具授权文件的，该文件并不代表甲方完全获得本合同之相应著作权，甲方不得使用该文件之获益拍摄影视剧或行使其他著作权。

第六章　宣传推广活动

第十二条　宣传推广活动

1. 本合同剧本经拍摄后在国内开机、首播、研讨，或参加国内外电视节展出、竞赛等宣传活动时，甲方应提前 ____日邀请乙方参加，乙方保证参加不少于____次的宣传推广活动，乙方由此产生的一切费用由甲方承担。

2. 如本剧获奖，甲方应及时通知乙方，乙方有权参加颁奖仪式，差旅费由甲方承担，编剧单项奖荣誉及奖金归乙方及编剧个人所有；集体奖项荣誉由双方共享，奖金归甲方。相关税费各方按照各自收益承担。

3. 甲方为宣传、推广电视剧之目的，有权善意使用乙方的姓名及肖像，但许可他人使用时，需取得乙方书面同意。

4. 乙方参加本合同约定之宣传推广活动时，甲方应保证其人身及财产安全，并根据具体情况为乙方购买相应保险。

第七章　承诺与保证

第十三条　甲方承诺与保证

1. 甲方是在中国境内依法成立并取得合法从事电视剧制作资格的公司法人，已获得一切必要的授权签署并执行本合同；

2. 甲方保证于本合同存续期间内，不签署任何与本合同权益相冲突之合同；

3. 甲方保证在本合同履行过程中提供给乙方的一切资料、文件均真实、合法，不存在任何侵犯他人权益的情形。

第十四条　乙方承诺与保证

1. 乙方是在中华人民共和国境内依法注册成立的法人单位，其完全拥有法律权利、能力和许可签署本合同，可以独立地作为一方诉讼主体。

2. 依本合同约定交付的剧本（即乙方创作 / 改编 / 润色部分）不含有侵犯他人著作权和其他权益的内容。

3. 本合同签订前及本合同履行过程中，不签署任何与本合同权益相冲突之合同。

第八章　保密

第十五条　保密条款

1. 在本剧本经正式拍摄并播出前，任何一方对于剧本内容及与合作相关事项、信息（包括但不限于电视剧剧情、导演、演员、拍摄进度等）均负有严格保密义务，不得外泄。播出后，对于未公示内容，仍应负有该等保密之责任。

2. 双方往来期间所获知的对方之商业、财务信息等往来资料、文件、图片、

档案等，均为保密内容，不得对外泄露，也不得利用其做本合同以外目的使用。

3. 本保密条款不因本合同的未生效、被解除、效力终止、无效而失效，保密期限为：自保密义务人最先获悉保密信息之日起，至该保密信息被公众从合法公开的途径获悉之日止。

4. 为免歧义，双方确认，对前款所载的限制不适用于妨碍任何一方根据法律、证券交易所、监管机构或政府机构根据对该方具有约束力的规则做出的要求进行任何披露，也不得妨碍任何一方为获取专业意见而向任何专业顾问进行披露（但前提是该方应设法确保该专业顾问在使用、披露其取得的保密信息时或在进行任何涉及保密信息的行为时均遵守本条之约定）。前款所载的限制亦不适用于任何非因任何一方违反本条之约定而已为公众知悉的信息。

第九章　合同中止与终止

第十六条　合同中止与终止

1. 当双方就交付剧本是否符合工作要求及修改要求发生争议提请第三方机构审定时，除非双方另有约定，本合同各项工作暂时中止，待评定后继续履行。

2. 本合同有效期间内，遇有如下情形，本合同终止：

（1）本合同第四条约定之工作全部完成且甲方按时、足额支付全部创作服务费用、投资收益、利润提成及其他需甲方承担的费用；

（2）双方协商一致解除本合同；

（3）依据本合同第十七、十八条约定解除本合同；

（4）因不可抗力事件本合同无法继续履行，并超出双方认可的合理期限____个工作日；

（5）其他情形致使本合同终止的。

3. 本合同终止后，相应责任方应按本合同约定及法律规定承担责任。

第十七条　甲方单方解除权

1. 本合同有效期间内，出现以下情形时，甲方有权单方面解除本合同：

（1）因乙方原因未能在约定期限内交付剧本，经甲方书面催告后____日内仍未履行；

（2）乙方的工作成果经反复修改（即按照甲方的书面修改意见进行修改

达____次）后仍不能达到合同要求（如就标准问题出现争议，以本合同第九条第5款执行），导致本合同不能继续履行时；

（3）乙方破产、解散或被依法吊销营业执照；

（4）乙方的陈述与保证虚假的；

（5）乙方违反本合同约定著作权行使权利的；

（6）其他乙方严重违约行为。

2. 甲方行使上述解除权时，须以邮寄方式做出，该解除通知有效送达乙方时，本合同解除。

3. 甲方依本章规定单方面解除本合同后，乙方已收的款项不再退还甲方，甲方应付而未付的阶段性服务费及费用应立即支付，尚未达到支付条件的服务费及费用不再支付，剧本或半成品及相关著作权归甲方所有，甲方有权另行委托他人进一步创作，但若继续使用乙方已完成部分剧本时仍应保留乙方相应的署名权。

4. 出现本合同第十六条第1款的中止情形时，除非征得乙方同意，否则甲方不得单方解除合同。

第十八条　乙方单方解除权

1. 本合同有效期间内，出现以下情形时，乙方可单方面解除本合同：

（1）甲方拖欠服务费、投资收益、利润提成及其他费用等，逾期达____天的；

（2）甲方没有在规定的时间内给出修改意见的；

（3）甲方破产、解散或被依法吊销营业执照；

（4）甲方提供的资料、文件不真实、不合法或存在侵犯他人权益的情形；

（5）甲方的陈述与保证虚假的；

（6）甲方要求乙方从事违反国家法律及电视剧相关管理法规规定的工作的；

（7）甲方超越本合同著作权约定行使权利的；

（8）其他甲方严重违约行为。

2. 乙方依本章规定行使上述解除权时，须以邮寄方式做出，该解除通知有效送达甲方时，本合同解除。

3. 乙方单方面终止合同后，已收的款项不再退还甲方，甲方应付而未付的阶段性服务费及费用应立即支付乙方，创作的剧本或半成品著作权归乙方所有，甲方不得再行使本合同之权利。

第十章　违约责任

第十九条　违约责任

1. 甲方未如期向乙方支付服务费及费用，每逾期一日，应向乙方支付逾期服务费的____% 作为逾期付款违约金，逾期____日，除上述违约金外，还需按照本合同第十八条处理。

2. 甲方违反本合同第十一条第 2 款之约定时，乙方有权要求甲方立即停止拍摄等一切与本剧本有关之工作，解除合同并按照本合同第三章约定之服务费为标准要求双倍赔偿，相关著作权由乙方享有。

3. 乙方在某一创作阶段未按时交付提纲或剧本，双方经友好协商最多可推迟____日交付，如经上述延展期届满仍未交付且双方未能协商一致，每逾期一日，应向甲方支付该阶段服务费的____% 作为逾期交付违约金，经甲方书面催告后____日内仍未履行，除上述违约金外，还需按照本合同第十七条处理。

4. 甲方依据本合同第十七条、乙方依据本合同第十八条解除合同后，如系因相对方的违约行为造成损失，守约方有权要求相对方赔偿实际损失及合理支出费用（包括但不限于公证取证费、律师费、诉讼费等）。

5. 本合同单独规定外，如任何一方违反本合同的约定，守约方有权要求违约方立即改正，并有权在国家法律法规所允许的范围内，采取合法方式保护自身权益不受损害，如因违反本合同之约定给相对方造成损失的，应赔偿相对方实际损失及合理支出费用（包括但不限于公证取证费、律师费等）。

第十一章　不可抗力

第二十条　不可抗力条款

1. 不可抗力是指本合同双方所不能控制且不可预见，或者虽可以预见，但不可避免的妨碍任何一方全部或部分履行本合同的一切事件。此种事件只包括地震、塌方、陷落、洪水、台风等自然灾害以及火灾、爆炸、事故、战争、暴动、起义、兵变、社会动乱或动荡、破坏活动或任何其他类似的或不同的偶发事件。

2. 发生不可抗力，以致任何一方的合同义务因这种事件的发生而无法履行，此种合同义务在不可抗力持续期间应予中止，履约期间按上述中止时间自动延长，

不承担违约责任。

3. 遭受不可抗力的一方应立即书面通知有关的对方，并提供遭受不可抗力及其影响的适当的并经当地公证部门公证的证据。遭受此种不可抗力的一方还应采取一切必要措施终止或减轻此种不可抗力造成的影响。

4. 如不可抗力最终无法消除，遭受不可抗力一方在履行必须通知程序后，本合同终止。

第十二章 其他约定

第二十一条　双方关系

甲、乙双方分别为各自独立且平等的民事主体，双方不存在任何劳动、隶属关系。除本合同另有约定外，任何一方均无权代表另一方对外设立、变更、终止民事法律行为。

第二十二条　禁止转让

未经对方书面同意，一方不得将其在本合同中的权利义务全部或部分转让或再授权给任何第三方，本合同另有约定的除外。

第二十三条　合同修改

本合同非经甲乙双方书面同意，不得任意修改或变更，如需修改或变更，双方应通过协商达成一致后签订补充合同，作为本合同附件。

第二十四条　法律适用

本合同适用中华人民共和国相关法律，有关本合同的解释、履行等相关事宜皆适用中华人民共和国法律。

第二十五条　争议解决

双方因合同的解释或履行发生争议，由双方协商解决。协商不成，采用下列第____种方式解决：

1. 由 _______ 仲裁委员会仲裁；

2. 向具有管辖权的人民法院起诉。

第二十六条　标题

本合同中的标题仅为检索方便而设置，合同条款的具体内容应当以条款的具体规定为准，而不应参考该标题进行解释。

第二十七条　通知与送达

1. 双方依本合同所采取通知、送达，需遵循以下原则：

（1）任何面呈之通知在被通知人签收时视为送达，被通知人未签收的不得视为有效的送达；

（2）任何以邮寄方式进行的通知均应采用挂号快件或特快专递的方式进行，并在投邮____小时后视为已经送达被通知人（法定节假日顺延）；

（3）任何以传真方式发出的通知在发出并取得传送确认时视为送达，但是，如果发出通知的当天为节假日，则该通知在该节假日结束后的第一个工作日内视为已经送达；

（4）任何以电子邮件方式发出的通知在邮件进入指定系统时视为送达，但是，如果发出通知的当天为节假日，则该通知在该节假日结束后的第一个工作日内视为已经送达。

2. 任何一方的通信地址、通信号码或被通知人如果发生变化，应当在该变更发生后的____天之内通知对方，否则对方对于其原通信方式的通知视为有效通知。

第二十八条　签署

1. 本合同经双方平等协商共同拟定、签署，一式两份，自甲、乙双方盖章且授权代表签字之日起生效，附件与本合同具有相同法律效力。

2. 本合同所指“日”包含本数在内，截止点为当日 23 点 59 分 59 秒。

（以下为签署页）

附件：1. 双方营业执照复印件（加盖公章）

编剧成员名单及身份证复印件

2. 出具给甲方的确认函

3. 关于剧本《　》的权利归属声明

原始版权权利文件（如有）（包括但不限于：原著作者身份证明、版权页、网络作品首次发表网页截图、各权利继受方身份证明、各权利继受方取得授权作品合法版权权利的法律文件、合作合同授权书等相关文件）

甲方（盖章）：
授权代表：

时间：　　　年　月　日

乙方（盖章）：
授权代表：

时间：　　　年　月　日

附件一

确认函

致：__________

本人____（身份证号：____）确认：____有权全权代理本人与贵司就电视剧《____》的编剧工作进行谈判并签署《剧本创作委托合同》，由____确保本人按照合同的约定向贵司提供服务，本人同意按照合同的约定履行涉及我本人的全部义务。合同中____或/和____编剧作出的承诺，均等同于我本人作出的承诺，本人自愿遵守，并与____共同承担由此产生的全部责任。

本人再次确认为电视剧《　　　　》剧本的创作工作而进行的筹备、构思或提供的所有素材、创意等未对任何第三方的合法权益造成侵犯，且保证创作的文学剧本中不存在侵犯任何第三方的著作权以及其他合法权益的内容。

特此确认。

确认人________（签字并摁手印）

日期：____年__月__日

________（盖章）

附件二

关于剧本《　》的权利归属声明

本人：____身份证号：__________________笔名：____。为小说《　　》（____出版社，____年出版）的唯一作者及原始著作权人，本人受____公司（以下简称“公司”）委托，根据小说改编创作了剧本《　　》（名称和集数暂定，变化不影响本声明效力）。现本人就该剧本的权利归属事宜声明如下：

该剧本全部著作权权利自始且永久归公司享有，公司有权独立行使剧本的全部版权，自主决定对剧本的开发、修改以及进行前传、后传及续集等后续创作，公司亦有权将剧本的全部权利许可或转让给其他任何第三方行使，无须再经过本人的同意，亦无须再支付其他任何费用。公司及其下游领权方、合作方可根据剧本的实际使用情况决定是否为本人进行编剧署名（包括编剧署名的具体方式、位置及排序）。本人承诺日后不会以任何理由和方式，向公司及其下游领权方、合作方提出任何权利主张或费用支付主张。

特此声明。

声明人（签字）：

时间：　　年　月　日